KB053628

섭 새기다

김정옥 제6 시집

# 섬

## 새기다

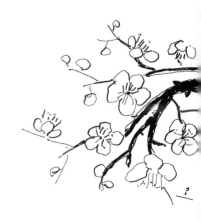

바깥에서
배회하는 발걸음

섭새겨진 마음을
들여다보지 못하였다

그러나
그 사랑이 또
한 폭의 그림을 그리게 한다


2020년 또 한 계절의 문턱을 넘으며

김정옥

# | 차례 |

시집을 내며          5

## 제1부 / 능준하다

유여하다          15

한 발짝          17

날개달다          19

물잠자리          20

서까래          22

용공로 속에 녹아지다          24

양파껍질을 까며          26

가수, 꿈꾸다          27

보따리          29

가수는 무릎을 꿇고          31

나훈아의 공          33

손맛          35

자명종          37

파수꾼          38

꽃피우다          40

새집 짓는 봄          42

시내버스      44

야외학습      46

공      47

봄을 잊다      49

팔꿈치 사회      50

바위섬      52

사탕      53

지금      54

건강검진 문진      56

태권도      58

얼음      59

살      60

담쟁이      61

대목      62

통장      63

별이 빛나는 밤      65

향기에 젖다      67

## 제2부/ 소수나다

대목              71

햄버거 먹는 법         73

백제유적지           75

벼락              76

폭염              78

MRI검사           79

두루치기           81

사무국장           82

벌레              83

없음인 없음          85

비밀              87

같음과 다름          89

투쟁              91

졸병              93

코무덤의 레퀴엠       95

배추벌레           97

그 겨울의 짠 내        99

장벽             101

복사 103

구시렁대다 104

봄은 찬바람입니다 106

파쇄기 108

발목 109

입 111

귀 112

눈 113

하루 114

폭설 116

굴레 117

매화 피는 소리 119

제3부 / 서분서분하다

짝짝이 양말을 신고 123

사진 한 장을 본다 124

종이비행기 126

당신의 환한 미소 127

다이어트 129

잠을 허락받다                    131

공부                          132

손                           134

네비게이션                      135

뜬구름잡기                      136

귀를 털다                      137

유리창                        139

통증                          140

아래에 대한 사색                 142

복지관                        143

은신처                        145

턱                           147

먹어치우다                      149

도시의 탄생                     151

하염없는                       153

일탈 아닌 일탈                   154

수세미                        156

과자                          157

주류 사회                      158

합평회                        160

무엇일까     161

이런 날은     162

가로수     164

잠언이 되다     166

## 제4부/ 서그럽다

낙원은 일상 속에 있든지 없다     171

판화가 된 풍경     173

해는 떠 있고     174

더위 먹다     176

새 집     178

바람처럼     180

장미     182

집성촌     183

닻을 올리며     185

지워지고 마는 섬     187

봉명동 유적지     189

독서     191

복권     193

빈집이고 싶다　　　　　　　　195

파수꾼 2　　　　　　　　　197

공터　　　　　　　　　　199

체험이네　　　　　　　　200

비둘기 노래　　　　　　　202

꽃다발　　　　　　　　　203

봄바람　　　　　　　　　204

봄바람 2　　　　　　　　205

백일장　　　　　　　　　206

제목　　　　　　　　　　208

작은 물병의 증언　　　　210

간식　　　　　　　　　　212

주인　　　　　　　　　　214

숲에 깃들다　　　　　　　216

일어서다　　　　　　　　217

소원　　　　　　　　　　219

고백　　　　　　　　　　220

잠 깨다　　　　　　　　221

웃음　　　　　　　　　　222

길을 내다　　　　　　　224

| 제1부 |

# 능준하다*

\* 능준하다 : [양태] 표준에 차고도 남아 넉넉하다

# 유여하다

꽃 한 송이가 피어나는데 3일
노량\* 노량 꽃잎 하나하나가
따로 따로 움직이기 시작하였다

점 하나 없던 캔버스에
하나의 꽃잎이 살아나기 위하여 기지개를 켜고
줄기가 깨어나고
잎사귀가 살아나고

조그만 연못이 집 한 채 아담한 얼굴을 여유롭게 비추
어 주고
엄마의 품이 된 숲이 그 집을 품어준다

다른 꽃잎들도 눈을 떠
한 송이의 꽃이
비로소 꽃다워진다

도서관 풋낯\*도 못 되는 낯선 사람들 속에서 시의 바다

에 빠진 풀초*가 되어 느루* 앉아 있다
　돋을볕*을 받으며 참새 같은 시어들과 자갈자갈* 속삭
이는
　마음속에도 꽃이 피어난다
　딱따구리가 스타카토로 문을 두드리자
　살랑살랑 손을 흔드는 자작나무

　더 도드라지려 하지 않고 유여한 풍경이 된다
　한 편의 시가 꽃잎처럼 피어난다

---

* 노량 : 천천히 느릿느릿
* 풋낯 : 서로 겨우 얼굴만 아는 정도의 사이
* 풀초 : 온통 물에 젖은 상태 또는 그 모양
* 느루 : 한꺼번에 몰아치지 아니하고 오래
* 돋을볕 : 아침에 해가 솟아오를 때의 햇볕
* 자갈자갈 : 여럿이 모여 나직한 목소리로 지껄이는 소리

# 한 발짝


거미는 어디로 갔을까

새벽에 욕조 안의 벽에 붙어 있던 아기 거미
잠도 안 자고 뭐 하러 나와 그 큰 함정에 빠졌는지

수직으로 몇 발짝 기어오르다
곤두박질
또 기어오르다
뚝
그리고
다시…….

거미가 비스듬히 벽을 오르다
쉰다
가만히 숨만
쉰다

그러나 못한다고 말하진 않는다
해보지도 않고 처음부터
재활운동 열심히 하라던 의사선생님의 충고에도
천산지산*만 일삼으며
흥뚱항뚱*하는 나와는 사뭇 다르다

거미에게 몇 십층 빌딩 벽이었을까
욕조의 벽은

거미의 한 발짝 한 발짝 허위단심*이 날개가 되었다니

거미가 치는 죽비 소리
새벽어둠을 깨우는 종소리가 된다

---

* 천산지산 : 이 말 저 말을 하며 여러 가지 핑계를 늘어놓는 모양
* 흥뚱항뚱하다 : 어떤 일에 집중하지 않고 꾀를 부리거나 마음이 들뜬
　　　　　　　상태에 있다
* 허위단심: 허우적거리고 무척 애를 씀

# 날개 달다

채송화 싹이 눈을 떴다

아버지는 큰 꿈을 가지라하였다

몸은 작고 연약하여도
꿈의 날개를 가둥구려* 펼치라고 하였다

연약한 실뿌리로도 마른 땅을 딛고 일어설 수 있다고

---

* 가둥그려 : '가둥그려'의 큰말. 가지런히 추려. 가지런히 모아. 간추려.

# 물잠자리

가버린 줄 알았던 물잠자리
하얀 앵두나무 그늘에서 검은 날개를 팔랑이며 나와
철쭉 가지 끝에 파르르 떨며 내려앉는다

칠월 비개인 오후 처음 만난 귀한 손님
그 먼 물가에서
어떻게 이곳까지 비행을 했을까

버들가지처럼 휘어진 라일락 잎에
늘어진 아이비 줄기에
날개를 접고 앉아 있었다

감나무 아래 머위들이 사는 곳에서만 보이다
이사를 간 줄 알았던 물잠자리

나 어린 날 개울에서 물놀이하다 첨벙대며
뒤꽁무니를 쫓아다니게 하던

자연의 밑엣사람*쯤으로 여기는 지
내 마음에 만남에 대한 조용한 파동을 일으킨다

---

# 서까래

신호위반까지 하며 달리기만 하던 노후 차처럼
뒤 돌아보지 않고
멈추지 않고 구르기만 한 몸
고비마다 가일층 더해지던 헛방치기* 한 채찍

삐걱거리다
갈 데까지 간 막장 드라마처럼
천둥번개가 비명을 지르기까지 한다

주사를 양쪽 어깨에 또 맞는다
주사바늘이 들어가기 전부터 시작된 공포는
약이 들어가는 내내 기세를 올려
오금을 조이고 만다

미리 막지 못하여
밤을 앗아가는 괴물과 드잡이*를 멈추고

지붕까지 무너질 새라
보수공사중이다


풀센* 그린나래* 펼치는 날을 비나리*한다

---

* 헛방치기 : 목적한 바를 이루지 못하는 것.
* 드잡이 : 드잡이질. 1. 시비나 싸움에서 서로 머리채 또는 멱살을 잡음.
          또는 그렇게 싸우는 짓. 멱씨름.
* 풀세다 : 기세나 성질 따위가 팔팔하거나 뻣뻣하다.
* 그린나래 : 그린 듯이 아름다운 날개
* 비나리 : 앞길의 행복을 비는 말.

# 용광로 속에 녹아지다

문 잠가버려라 투박한 경상도 사투리에
열광하며 노래를 따라 부르고
어린아이처럼 녹아들어가는 속에도

가수는 뼈를 세우고
삶을 꿰뚫은 서슬*선 눈으로
솜사탕 같은 미소로
토네이도 같은 절규로
싸목싸목* 애절함으로

높은 파도를 헤치고 나와 발딛* 꿈을
용광로처럼 녹여내고 있었다

짧은 공연으로 뭉뚱그려졌음에도
그가 켜주는 신호등을 따라
할아버지가 자리를 짜던 고향집 사랑방으로 이끌려 돌
아가고

엄마의 따스한 품속에서 다이빙하여 객지로 떠나기 전
으로
　가슴에 낙관을 하고도 떠나온 정거장
　꼬리 내린 강아지 같던 신입사원
　출퇴근길 뫼비우스띠를 따라 돌고 도는
　삶의 궤적 위 잉걸불로 탄다

---

* 서슬 : 언행의 날카로운 기세. 등등한 기세.
* 싸목싸목 : [양태] 조금씩 조금씩 천천히 나아가는 모양.
* 밭뒤다 : 밭을 거듭 갈다

# 양파 껍질을 까며

퍼질러 앉아
양파껍질을 깐다

겉과 속이 달라보여도
벗겨낼수록
깊어지는 생각의 뿌리
싹독싹독* 따로 놀지 않는
하나이다

삶의 방편을
찾아보아도 씨하는* 길은
사랑을 놓지 않는 길뿐인지
당알진* 마음으로
당아리*를 벗는다

---

* 싹독싹독하다 : [양태] 글의 뜻이 토막토막 끊어져 문맥이 안 통하다.
* 씨하다 : ('씨, 즉 종자로 삼다'의 뜻바탕에서) 제 구실을 하다.
* 당알지다 : 마음이 당차고 야무지다.
* 당아리 : [옛] 1. 깍정이 2. 딱지, 껍데기

# 가수, 꿈꾸다

나의 노래에 열광하는 사람
나의 눈빛에 환호하는 사람

내게 주어진 짧은 양초 도막 같은 시간
쇳물을 끓이듯 뜨거운 용광로 속에서
노랫말을 씨실로
청중과 한 마음으로 담아내는
근육질의 표현을 날실삼아
내놓고 울지 못한 채 안으로만 삭였던, 굴레의 쓴 맛을
다 같이 녹인다

나는 안다
질긴 끈으로 동여매진 짐을 쉬이 버릴 수도
외면할 수도 없다는 것을
그러나 돌아서야 한다는 것을

또 하나의 매듭을 지으며
BEGIN AGAIN
청춘 AGAIN

다음을 약속한다
노해*에서 바다로 노래가 울려 퍼지는 날을
촛불이 아닌, 횃불을 든 사람이 되겠다는

---

* 노해 : [지리, 지형] 바닷가에 퍼진 들판.

# 보따리

엄마가 가져가라던 옷 보따리

오래된 옷가지 속에 꼭꼭 싸서 보물처럼 깊이 숨겨진
벌레 먹은 낙엽 같은
팔찌 브로치 목걸이
짝 잃은 귀고리

옷장 속에 고이 간직하였다가
외출하는 날에만
조심조심 길에 나섰지만
날개 하나 잃은 나비처럼 한 짝만 남은 귀고리

딸이, 아들이 준 거라서
헌 신짝처럼 헐어버린 장신구를
고이고이 간직했지요

나의 옷장에 모셔놓은 보따리
옷장을 열 때마다 그리움이
옛사랑처럼 감실감실* 감칩니다*

---

* 감실감실 : 먼 곳에서 어렴풋하게 자꾸 움직이는 모양.
* 감치다1 : [심리상태] 잊혀지지 아니하고 늘 마음에 감돌다.

# 가수는 무릎을 꿇고

그의 단어 하나하나에 추를 단 목소리가
직선으로 달려와 내 마음 가운데에 대고
북을 친다
징을 친다
담금질 되어온 세월만큼 깊어진 마음으로
심장 가운데를 찌른다

그가 전하는 메시지는
어린이의 마음처럼
텅 비어서 가벼워지자는 것

더! 더! 더! 외칠 때마다
간들바람*이 되었다가 분수처럼 공연장을 넘치게 하여
짐벙진데*
　가수는 무릎을 꿇고 앉아 고개를 숙여 마지막 인사를
한다

포도송이 같은 노랫말이 마음에 슴배이어*
어둑발*을 걷어낸다

---

* 간들바람 : 부드럽게 살랑살랑 상쾌하게 부는 바람.
* 짐벙지다 : 신명지고 푸지다.
* 슴배이다 : '슴배다'의 입음꼴.
　　　　　(스미어 배어 지다. 또는, 곧 스며들어 젖어지다.)
* 어둑발 : 어둑어둑한 기운. 흔히 '내리다'와 함께 쓰임.

# 나훈아의 공

그는 혼자서도 군중의 목소리를 낸다
고단한 하루하루 고인 물일 수밖에 없던 말을 대신하는
그의 목소리에 갈기가 섰다
그것은 노래가 아닌 웅변이었다

그는
관중을 압도하는 상쇠가 되었다
에두른 세월만큼
궁금했던 목마름을
단박에 깨뜨리는 힘을 가진
심지로 굳혀온 걸까

서분한 살*처럼 날아오는 외침
가지려 하면 두리벙해지고*
잠깐 다녀가는 삶의 길에 무소유로
비로소 가벼워질 수 있다는 한마디

맥놀이가 되어 울려 퍼져
허상만 좇던 마음을 다잡게* 한다

---

* 서분한 살 : [연장, 도구] 굵고도 가벼운 화살.
* 두리벙해지다 : 어리석고 좀 모자라게 되다
* 다잡다 : 헛된 마음이나 들뜬 마음을 버리다.

# 손맛

시고 짜고 밍밍하고 변화무쌍
내가 담근 건 같은 적이 없는
미지수의 맛 무한대


저분저분이* 네비게이션 따라 쓰던 글은 산 속에서
길을 잃고 만다

열무국수 먹고 싶다고
빛깔에 침 삼키던 아이는
얼굴 찡그리며 수저를 놓고

운동화 십여 켤레 닳았어도 글 솜씨는
여전히 논인지 밭인지 구별 못한다

비법 전수 기대한 엄마는
손을 놓아 부등식이 되고

엄마 닮은 손맛 찾아 기웃기웃

칭찬 자자하여 찾아간 집
열무김치
줄서서 기다리게 한 신의 한 수는
잔뜩 때려 넣은 조미료였어

잘 썼다는 글도 옆구리 아랫배에 더버기*가 껴 하품을
부르니
어디 가서 찾아야 하나

* 저분저분이 : 성질이 부드럽고 찬찬하게.
* 더버기 : 무더기로 쌓이거나 덕지덕지 붙은 상태. 또는 물건.

# 자명종

잠을 재워야 할 시간에
행진곡을 반복적으로 노래한다
내게 필요한 음악은 사알사알* 자장가인데
짙은 감정을 넣어 목청을 한껏 뽑으며 잠을 쫓아낸다
감탕발* 세 남자가 꿈과 현실 사이에서 고민하는 생선
가게 뮤지션에게, 미혼모에게 걱정과 격려로 용기를 불어
넣는 상담사가 되어 쓰는 답장 속으로 나도 모르게 빠져
들어간다
아직 다 읽지 못한 나미야 잡화점*에 다른 편지가 배달
되었다
이번에는 접었던 꿈을 펼칠 수 있는 용기를 주어서 감사
하다는 내용이다
가로등도 어둠을 지운 삽화를 그려낸다

---

히가시노 게이고(소설). 나미야 잡화점의 기적. 양윤옥 옮김(2012). 현대 문학.
30년 동안 비어있던 나미야 잡화점에 아츠야, 쇼타, 고헤이 3인조 도둑이 숨
어들면서 펼쳐지는 내용-2018년 남성들이 가장 많이 읽은 책
* 사알사알 : 조용히 가만가만히. [비슷]살살.
* 감탕발 : 온통 진흙투성이가 된 발.

# 파수꾼

창밖 한 번 볼 틈 없던
하루치 일당을 받아 안고 집에 올 때면
녹슨 대문이
꼬리치며 반기는 늙은 개처럼
온 몸을 흔들며 컹컹 울기까지 하며 반긴다

10년 동안 주인을 기다리던 하치*처럼
지나마르나* 혼자서
한 곳만 바라보며 앉아있었을

관심을 못 받아도 말없이 제 할 일 감장하는*

일평생 하나의 짝만을 사랑하는 수리부엉이처럼
나만을 지켜주는 대문

심지 굳은 마음에 기대게 하는

---

* 하치 : 영화 하치 이야기의 주인공

* 지나마르나 : ('땅이 질거나 마르거나'의 뜻바탕에서) 변함없이 항상.
　　　　　　　언제든지 항상 똑같이.
* 감장하다 : 남의 도움 없이 자기 힘으로 꾸려 가다

# 꽃피우다


어녹이치는* 날 무료급식소에 찾아온
낯꽃 핀* 자원봉사자

절룩이는 몸으로
이슬 겨운* 어르신들이 드실 어꾸수한* 밥과 국을
이드거니* 끓여내고

반찬 만들기, 설거지, 열탕소독 어떡치느라*
맛문한* 몸이어도

백목련처럼 환한
자원봉사자
그릇을 반납하는 어르신들께도

따스한 말 잊지 않아
노적가리처럼 사랑이 쌓이는 무료급식소

---

* 어녹이치다 : 여기 저기 두루 얼다가 녹다가 하다
* 낯꽃 피다 : 얼굴에 밝은 빛이 돌다. 얼굴에 화기(和氣)가 있다
* 이슬겹다 : 이슬이 차서 싫은 느낌이 있다.
* 어꾸수하다 : 1. 음식 맛이 순하고 구수하다 2. 하는 말이 모든 점에서
　　　　　　　그럴 듯하여 비위에 맞다.
* 이드거니 : 분량이 흐뭇하게. '이드거니'의 셋째 음절(거)이 길게 발음 됨.
* 어떡치다: 얼른 해치우다. '어떡'은 '얼른'의 지방말이다
* 맛문하다 : [양태] 몹시 지치다.

# 새 집 짓는 봄

1.
나무가 밑동까지 베이고
산이 낡은 짐짝 되어 덤프트럭에 실려 나간다
삽차가 삶의 터전에서 쫓겨나가는 설움을
대신 토한다

2.
오들오들 떨며 눈을 이블 삼아 끌어 덮는다
이웃이 하나 둘 쓸쓸히 떠나
젊고 건장한 원룸이 인사도 없이 들어 앉아
새앙뿔* 같은 겨울 햇볕마저 독식한다

3.
바람할미* 길손처럼 떠나고
처마끼리 맞닿은 새 집을 짓는다

일층 이층 공사가 빠르게 진행되어
봄빛 풍경화를 낳는다

---

* 새앙뿔 : [동물] 1. 새앙 뿌리의 뿌다귀 (뿌다구니 : 물건의 삐죽하게 내민
　　　　부분) 2. 두 개가 모두 짧게 난 소의 뿔.
* 바람할미 : 음력 2월에 심통을 부려 꽃샘바람을 불게 한다고 하는 할머니

# 시내버스

자작나무숲, 측백나무울타리를 바람처럼 훑어보고
메타세쿼이어 가로수길 지나
구절양장 굽이굽이
농산물시장에서 법원을 지나 바위부리*돌 듯 구비를
그리고 시외버스 정류장을 거쳐 도시의 창자 속을 돌아
돌아 갑니다
직선으로 달려도 부족한
조금 남은 빵조각 같은 시간을 뭉텅뭉텅 베어 먹으며
'목적지까지 안전하게 모실 것입니다'만  껌처럼 질겅
거립니다

아파트와 아파트 난달* 별 볼 것 없어도 필수 노선

쉬엄쉬엄 느림보 버스 갑자기 빨간 산호에 끽
걸렸던 가시가 꿀떡
꾸벅이다 눈이 번쩍

환승을 하려 서성이지만
버스는 소식이 없는 애인 같습니다

상사의 날선 눈빛
사무실 유리창까지 떠는
고함이 예약됩니다

---

* 바위부리 : 바위의 삐죽 내민 부분. [준말]바위불.
* 난달 : 길이 이리저리 통한 곳.

# 야외학습


할머니 집 뜰에 처음 나갔어요
할머니가 진달래를 채소처럼 먹었어요

진달래꽃을 땄어요
페퍼민트 잎도 땄어요
매화 꽃잎이랑 아이비 잎도 땄어요

할머니 집 뜰은 살터*학교예요

할아버지 생일축하 셀러드를 만들어요

할아버지가 나한테 요리사래요

---

* 살터 : 넓고 큰 자연. 대자연

# 공*

뜻밖의 선물 공연티켓을 받아
노래로 귀와 눈을 씻으며
마음을 닦았던 공연

더 가지려 발버둥치지 말고

쉬지 않는 일중독에 빠지지 말자

꿀벌이 되지 않고
닮지도 말기로

물 흐르는 듯

내 마음속으로 스며드는
노래에 너른하여져*
비우고
덜어내고
버려서

가벼워진 마음으로

여낙낙하여져*
가보지 않은 미리내*를 건너가련다

---

# 봄을 잊다

교통사고를 당했던 친구에게 전화를 했다
잘 낫지 않아 아직도 치료를 받고 있다는

얼굴이 노란 단무지 같고 비칠거리며
약을 줄줄이 사탕처럼 먹고사는데 다치기까지 했으니
비 맞은 올빼미처럼 딱하다
먹이를 발견한 하이에나처럼 악다구니로 덤비는 질병에
털이란 털은 죄다 새새스런데*
윤활유가 달은 베어링처럼 삐거덕 삐거덕 비명을 지르
는 다친 관절로
옷조차 입기 힘들다니

연분홍 봄바람 한 번 쐬지 못한 채 이봄도 떠나보내야
하나보다

봄 아닌 봄이 보람하여* 털갈이를 한다

---

* 새새스럽다 : 자디잘아 보잘 것 없다.
* 보람하다 : 어떤 일을 잊어버리지 않게 하기 위해서나 다른 물건과 구별
  하기 위하여 표시를 하다.

# 팔꿈치 사회*

배낭을 멘 학생이 빼곡한 버스에 올라타자
기사님이 안으로 들어가라고 합니다
임산부 배 같은 가방과 가방 사이로 비집고 들어갑니다

셀프-홀릭*되어 가방 앞으로 매기
무거운 짐 들어주기
간단한 기본예절조차 구겨진 휴지 같습니다

저마다 스마트폰 경주하듯이 손가락 속도를 높이느라
옆을 돌아볼 틈이 없습니다

앞서가야 한다는 금언만이 파란불을 켜고 있어
등대 같은 목표지점만 보고 땀 흘리며 달고*

마주보는 눈빛과 따스한 손이 안겨주는 편안한 휴식이
그립다는 생각마저 뒤로 밀쳐집니다

---

\* 팔꿈치 사회 : 1982년 독일에서 올해의 낱말로 꼽힘
                 옆 사람을 팔꿈치로 밀치며 앞서가야만 살아남는다는 뜻
\* 셀프-홀릭 : 자기 자신에 대해 만족하며 남들에게 인정받기를 원하는
                 자기 애적 성향이나 태도.
\* 닫다 : 빨리 가다. 달리다.

# 바위섬

파도는 싫다는 나에게
자꾸만 질척이는 혀이다
돌아가나 보다 하면
어느 사이에 냅다
우빽지빽이다*
너무도 끈덕지게 보채니
해파리처럼 애모뜨다*

갈매기가 끼룩끼룩 혀를 찬다

돌아 앉아 보니 허공뿐이다

---

\* 우빽지빽 : 무리하고 급하게 덤벼드는 모양.
\* 애모뜨다 : 북한 문화어에서는 '성가시거나 귀찮게 굶'의 뜻

# 사탕

봄을 타는지
요즘 자주 방전되는 배터리
하루의 신작로 가운데에서 또 멈춰섰다

사탕은 점프선
젖은 빨래처럼 축 늘어진 몸에
음극과 양극 연결하여 급속 충전을 해준다

시집에서 산문집으로
봄바람처럼 돌아다닌다

들판 가득 애오라지* 시의 새싹이 움튼다

---

* 애오라지 : 마음에 부족하나마 겨우. 넉넉하지는 못하나마 좀.

# 지금


사냥감과 씨름을 벌이는 물수리처럼
납세 같은 소동을 거친 후에야 기진한 아침이나마 얻을
수 있다


보고 싶은 책
보아야 할 책
쓰고 싶은 이야기
앙다문 땅의 어금니 풀어지는 첫봄
불쑥 발기하는 새순처럼 내 등을 밀어재낀다


손 한 번 잡아주지 못한 친구의 허우룩*한 눈이
옆구리 빈 동생에게 짠 내 나게 마음을 닫았던 생각이
엄마를 주간보호센터에서 모시고 오지 못할 만큼 허둥
대던 날
틈과 틈 사이의 허공에 뜬 시간조차 그리도 발걸음을
재촉해야 했던 것인지

헛것을 좇느라 가까운 내 사람을 찾지 않은 날의 참회
록을 쓰게 하는지
　펜을 놓지 못한 게으른 허정개비*를 채근하는지
　왜 하필 지금 이 순간

---

* 허우룩 : 마음이 매우 서운하고 허전한 모양.
* 허정개비 : '겉보기와는 달리 속이 옹골차지 못한 사람'을 가리키는 말.

# 건강검진 문진

문진표를 쓴다
단 1분도 하지 않는 과거사를
거의 날마다에 서슴없이 체크한다
조금치의 꿀림이나 망설임 없이

팔굽혀 펴기, 아령 들기는 얼마나 하십니까
숨이 가쁠 정도로 달리기를 얼마나 자주 얼마나 많이
하십니까

왜 그런 것만 묻냐구
어미 아비로 살아내기도 얼마나 힘이 드는데
얼마나 벅찬데
언제 하냐구
짚 오라기*로 만드는 집안일은 왜 운동이 아니냐구
구멍 숭숭 난 무 같은 무릎이 뛰게 해주나

‘운동을 해야 하는데’ 각성제 같은 생각이
새순처럼 조금 올라오다가 사그라진다


거멀못* 친 듯 바닥에 붙어 누워만 있다


---

* 짚 오라기 : 짚의 가늘고 긴 조각
* 거멀못 : 나무그릇 따위가 벌어져 있거나 벌어질 염려가 있는 곳에 더이상
　　　　　벌어지지 않게 양쪽에 걸쳐서 박는 못

# 태권도

도복을 집에서 입어 볼 땐 엄청 신났어요
헬로캅처럼 힘이 불끈 불끈 솟는 것 같았어요

형들의 기합소리에 깜짝 놀라
엄마 뒤에 얼른 숨었어요

엄마 올 때 기다리느라 날마다 다녔더니
매달을 받았어요

품띠 심사받으려 연습해요

할머니 도장 앞에서 내려주세요
나도 주먹을 부르쥐고* 파워레인저 로봇처럼
지구를 지킬래요

---

\* 부르쥐다 : [행동] 힘들여 주먹을 쥐다.

# 얼음

아주 천천히
아무 소리도 없이
아예 움직이지 않는 겨울잠인 듯이
아무리 먹어도 괜찮다는 안심이

날마다 걸어 다니며 생활 속 운동을 실천하여도
결빙이 시작되면 속도가 곱하기를 하여
눈치 채기 전에
말이 가는 데 소도 가듯* 엉덩이가 펑퍼짐해지고
몇 근이나 더 나가는 무게에
바지 지퍼가 석죽는다*

비만 판정받은 시
밥숟가락 눈이 휘둥그레져 얼음이 되고 만다

---

* 말 가는 데 소도 간다 : 남이 하는 일이면 저도 노력만 하면 능히 할 수
　　　　　　　있다는 말.
* 석죽다 : 기운이나 기세가 여지없이 꺾이다.

# 살

올 때는 KTX 같고

가는 걸음은 느즈러진다*

내가 먹고 싶어 하는 팥빙수조차
당 지수에 발목 잡히고 만
열대야

---

* 느즈러지다 : 마음이 풀려 느릿해지다.

# 담쟁이

날가지*가 뻗어
사방으로 촘촘한 혈관이 되고
깃털 너나들이* 햇빛과 공기를 불러들인 융합의 기술로
도시를 건설한다

꽃을 감싸주고
열매를 살찌운다

시 한 편 낭송하는 붉은 입술이 된다

---

* 날가지2 : 잎이 없는 맨가지
* 너나들이 : 서로 너니 나니 하고 부르며 터놓고 지내는 사이.

# 대목

문을 연 봄맞이 특별 시장

서로 흰목쓰며*
상품판매를 위해
목청을 높인다

목소리에도 향기가 배어있다

꿀벌들이 대목장을 보러
몰려들었다

설중매 홍매 상인들도 얄나서*
손님을 불러 모아 야스락거린다*

---

* 흰목(을) 쓰다 : [익은말]말이나 행동을 일부러 희떱게 하여 뽐내다
* 얄나다 : [심리상태] 야살스럽게 신바람이 나다.
* 야스락거리다/---대다 : [행동] 입담 좋게 자꾸 말을 늘어놓다.

# 통장

속을 들여다보듯이 아는
남의 집 살림살이

원룸들 출입구 비밀번호를 외우고
몇 호에 누가 사는지
그 집 사람이 몇 살인지
직업이 무엇인지
몇 시에 집에 있는지 까지

척척 다 아는

마칼바람*이 사납게 으르렁대는 날
여섯 시간 넘게 동네를 돌고 돌아 넉신한데*
원룸 4층까지 올라오라는 말에
놀치는* 물결 같아지려던 마음이
추운데 수고하셔서 어떻게 해요 라는 한 마디에

물써는* 조수처럼 섟 삭아* 콧노래를 부르면
뒤따라오던 초롱한 별도 웃는다

---

* 마칼바람 : 북서풍의 뱃사람 말
* 넉신하다 : 뼈마디 따위가 매우 신 느낌이 있다
* 놀치다 : 큰 물결이 거칠게 일어나다
* 물써다 : 조수가 물러 나가다.
* 섟 삭다 : 불끈 일어났던 감정이 풀리다

# 별이 빛나는 밤

집에 오다
어두운 골목길로 돌아선 순간
예감조차 없이
철커덕 철문이 닫힌 것 같다

골목에 소방차와 한전 사다리차와 사람들로 가득한데
사다리차가 올라간 곳은 우리 집 옥상이다
쿵, 가슴이 내려 앉는다

끊어요? 그냥 둬요? 어떻게 해요?

전기 합선으로 아기별이 쏟아지는 데도
예, 아니오로 대답하란다
끊어놓은 선은 114에서 전업사를 찾아보라는데
휴대전화 베터리는 0%

집은 암흑자체
더듬이를 세워 플래시를 찾는다

달빛조차 없다니
추위는 어떻게 견디지?

한밤중 전업사는 모두 잠들어
거절, 거절 끝에
별빛  밟으며 온 사장님이
면탈권 값을 올리고
너덜길* 넘으려 애쓰는 밤

---

\* 너덜길 : 돌이 많이 깔린 비탈길.

# 향기에 젖다

크렁크렁* 눈물처럼 고여 있다가
차오르면

건너가리라

너의 마음까지도
적시리라

흠뻑 물들이리라

매화 함박눈처럼 피어나면

---

* 크렁크렁하다 : 매우 그득 괴어 눈가에 넘칠 듯하다

| 제2부 |

# 소수나다<sup>*</sup>

---

* 소수나다 : [농사] 그 땅의 농산물이 증가하다. 솟나다.

# 대목

테너 바리톤 베이스 구분 없이
한통치어* 합창을 하여도
들린다
사소한 바람 같은 차이가

아무도 관심 두지 않는다
자기 목소리에 스스로 취기 오르는 듯
한껏 목청을 돋울 뿐이다

오늘이 아니면 안 된다고
기회는 지금 이 순간뿐이라고
목소리를 높이며
뒤처지지 않기 위해
있는 힘을 무쩍* 쏟아내어
따라 잡는다

동료들의 가쁜 숨소리가 진군 나팔소리인 양
다리에 더 힘을 준다

들썩이는 장날
시장바닥처럼
빗줄기가 세차게 작은 창가로 모여든다
물덤벙술덤벙*하지 않고
모두 무엇을 찾아 나선 길일까

---

* 한통치다 : 나누지 아니하고 한데 합치다
* 무쩍 : 있는 대로 한꺼번에 모두 몰아서
* 물덤벙술덤벙 : 아무 생각 없이 아무 일에나 함부로 날 뛰는 모양

# 햄버거 먹는 법

주의사항
음전*하게 조용히 먹을 생각이라면 주문하지 않는 것
이 좋다

우선 입 큰 소가되어야한다
입을 크게 벌려 인정사정없이 풀을 뜯듯이 가운데에서
삐져나온 토마토와 양파를 풍성한 양상추를 단박에 물어
뜯어야한다

소고기 패치와 빵을 뜯어먹을 때는
맹렬한 사자가 되어야한다
그렇다고 갈기갈기 찢어 먹다가는 입가가 추접지근해
진다*

바람이 전해주는 셀 수 없는 이야기와
비가 소곤거리는
눈이 속삭이는
별처럼 많은 신비를

소수나는* 야채와 동물이 누렸던 열두 폭 치마 같은 시간을 먹을 수 있다

소처럼
사자처럼
게눈 감추듯이 꿀꺽 삼키고
입술을 핥게 만든다고 장담한다
용두레*처럼 기쁨을 퍼 올려 준다고

친절한 안내가 능준하게* 마음에 들었다면 1번을 누르세요

---

* 음전 : 일이나 행동이 곱고 점잖음.
* 추접지근하다 : 깨끗하지 않고 추저분한 듯하다.
* 소수나다 : 그 땅의 농산물이 증가하다. 솟나다.
* 용두레 : 낮은 곳의 물을 높은 곳으로 퍼 올리는 농기구.
* 능준하다 : 표준에 차고도 남아 넉넉하다

# 백제유적지

의자왕
삼천궁녀 한이 서린
백제의 마지막 도읍
먼산주름* 아래 푸서리*만 가득

백마강은 말을 이루지 못해
황포 돛을 단 유람선만 띄우는데

옛날을 돌아보는 나그네 발걸음은
멧굿*으로 풀지 못한 매듭에 묶인 듯
무겁기만 하다

---

* 먼산주름 : 주름을 잡은 듯이 보이는 먼 산들의 첩첩한 능선
* 푸서리 : 거칠게 잡풀이 무성한 땅.
* 멧굿 : [귀신, 무당] 농악으로 하는 굿.

# 벼락

깨어났을 때
나의 몸 대부분이 숯이 되어 밑동만 남았고
우리 마을은 온통 새까만 단색판화가 되었어요

갑자기 강렬한 빛이 달려와
내 가슴에 안기는가 했어요
하늘이 갈라지는 아픔이 온몸을 휘감았고
나는 혼절했지요

가족과 친구 사라졌지만
아주 무너져 내리진 않았어요
가만히 귀 기울이면 여린 숨결이 느껴질 거예요

그래요
진물이 상처치료를 도와주잖아요
잿더미가 된 뼈와 살이
딛고 일어설 디딤돌이 되겠지요

딱따구리 북치고 꾀꼬리 목청높이는 숲을 다시 가꿀 수
있어요

멱차오르면* 훌훌 털고 일어나는 날을 기다려 주겠어요
새로 태어나는 아기를 꼭 안아주겠어요

---

* 멱차오르다 : 그 이상 더할 수 없는 한도까지 점점 차 오르다.

# 폭염

지구가 몸살이 났나봐요
열이 오르락 내리락 합니다

아빠는 온 집안의 문을 다 열어놓아요
엄마가 옷을 입었다 벗었다 해요

지구 이마 위에
물수건을 올려줘야겠어요
등목도 시켜줘야겠어요

목무장*으로 더위 코를 납작하게 만들어야겠어요

* 목무장 : [놀이] 씨름이나 싸움을 할 때 상투와 턱을 잡아서 빙 돌려
          넘기는 재주.

# MRI검사

막힌 귀도 뚫으려는 듯
비장하게 소리를 질러댔다
옴짝달싹도 하지 말라더니
기침도 안 된다더니
폐와 가까워서 숨조차
살얼음판 걷듯 살금살금 쉬라더니
헤드셋이 확성기처럼 소리를 더 증폭시킨다
목이 간지러워지기 시작한다
기침이 목젖까지 올라오는 걸 참는 것은
숨이 멈추기 직전의 고통이다

몸을 시멘트로 만들 것처럼 숨을 참아보지만
아픈 어깨는 바늘로 콕콕 찌르는 듯
도저히 못참겠다
다른 생각을 해보려 애를 써도
생각의 가리사니*는 자꾸 문 밖으로 쫓겨나간다
부엌문을 기웃거리다 휘두르는 부지깽이에
침만 흘리며 꽁무니를 빼던 똘이 같다

50분이라더니
식은땀에 옷이 흠뻑 젖는다
MRI검사를 받다 뿌리까지 뽑히겠다




---
* 가리사니 : [그밖] 사물을 판단할 수 있는 지각이나 사물을 분간할 실
          마리.

# 두루치기


마당쇠처럼 쉴 틈 없이 새벽녘까지 페달을 밟아도
일이 썰물처럼 빠져나가려 하지 않고 고인 물로 눌러
앉아 있다

폭우가 된 전화
폭주족처럼 달려오는 문자
막노동에 열이 펄펄 나는 컴퓨터

고추장 된장 아무렇게나 퍼 넣어 비벼지는 말, 말, 말,
AI회로도 엉킬판이다

착불로 온 택배기사 전화에
밥 한 술 뜨던 숟가락 놓고
달리기 선수처럼 뛴다

졸병은 가제트의 만능 팔 같은 두루치기*이다

---

* 두루치기 : (기본의미) ((주로 '두루치기로'의 꼴로 쓰여)) 한 가지 물건
   을 여기저기 두루 씀. 또는 그런 물건.

# 사무국장

태풍처럼 밀려오는 일이
산더미를 이뤄도
마당지기*가 나서면 척척

행사준비 진행 결산
전천후 만능 일꾼이 나서면 가뿐하게

밤이슬에 젖은 몸도
별과 달과 동행하니
가달박*처럼
마음은 여유롭다

---

\* 마당지기 : '마당'을 지키는 사람. 이 말은 일정한 단체의 사무를 맡아 처
　　　　　　 리하는 '간사(幹事)'의 뜻으로 새롭게 쓰이고 있다.
\* 가달박 : 1.매우 큰 바가지. 서너 사람의 한 끼 밥을 담을 만큼 크며, 보통
　　　　　 나무를 파서 자루게 있게 만든다. 자루 바가지

# 벌레

아침밥을 먹고 있는 벌레들

무쇠 심장을 가졌는지
마지막 남은 쌀 한 되 값마저 탈탈 털어가던 빚쟁이처럼
생명 줄이니 이것만은 뜯어 가면 안 된다고
애써 버티며 지키려던 새순마저 날름 해치웠다

뼈만 남은 앙상한 몸으로 폐지를 줍던
노인의 차가워진 손처럼
배춧잎은 너덜너덜 줄기마저 사그라져간다

누구의 귀에도 들지 못한
칠십 퍼센트를 이자로 바치더라도
숟가락만 들 수 있으면 된다던 말처럼
배추의 목소리는 바람에 묻히고 만다

나비는 제 새끼들 배불리 먹이고
하얀 날개 팔랑이며
한바탕 춤으로 마음을 홀린다

악덕 들때밑*보다 파렴치하여
이주노동자의 이슬 방울만한 임금을 싹둑 잘라 먹어
제 배만 채우고
나에게는 냉수 먹고 이 쑤시기*나 하라고

---

* 들때밑 : [사람] 세력 있는 집에 사는 오만하고 완악한 하인의 별칭.
* 냉수 먹고 이 쑤시기 : 실속은 아무것도 없으면서 겉으로는 무엇이라도
　　　　　　　　　　 있는 체함을 비유한 말.

# 없음인 있음

뒷방 같은 정원 구석에 사는 감나무이다

여자는 제멋대로 자리 잡고 눌러 앉은 하얀 민들레, 취
나물, 상추 복닥거리는 식구들을 위해 내용이 빈 일기 같
은 표정으로 벌레의 발길질을 막아주고 물을 준다

하필 무더위가 하늘을 끓이는 날
해보려면 해보라는 듯이 쇠기침* 같은 병이 찾아들어
이 집의 밥상에 올라오지 않던 큰 뉴스가 된다

여자는 어느 날 내 팔을 모두 잘라냈다
나는 새순을 서둘러 밀어 올렸지만
즐거운 노래를 연주해 주던 참새가 발길을 끊었다

기척 없던 뜰에 나비 한 마리가  와서 이 방 저 방 구경
을 한다
마치 집을 구하러 다니는 사회초년생처럼

한파 속에 어느 낯선 골목을 기웃거리던 여자의 모습
같다

　주권 모두 내준 빈 주머니로 누군가 불러주기만 바라며
하늘을 올려다 본다

　있으면서도 없는 듯이
　없으면서도 있는 듯이

---

＊ 쇠기침 : [질병, 치료법] 오래도록 낫지 않는 쇤 기침.

# 비밀

물안개는 너울너울 세모시 옷을 입고 한삼춤을 추면서
천천히 천 천 히
날아올라가던데

카카오톡은 단 한 번 도깨비 불 같은 헛것을 본 순간에
앙당한* 잔해조차 남기지 않은 채
대홍수가 난 듯
시간의 흔적들을
기억의 공간들을
폭발음도 없이
모두 무색무취 무미
날려버린 빈 주머니
백지가 된다

층층이 쌓아올린 벽돌은 비명이라도 지르며
억장이 무너져 내리지만
소리도 없이
몰래 분탕질을 하고도

시치미를 뗀다

소꿉장난 같은 생활의 흐름에도
와랑와랑 소리가 나고 시간의 발자국이 남기 마련이지만
다슬어* 천천히 없어지지 않고
순간에
점 하나 그림자마저 지우고 마는
초대형 스나미로 쓸어버려
나도 못 열어보는 비밀이 된다

---

* 앙당하다 : 모양이 어울리지 않게 작다. [비슷]앙상하다.
* 다슬다 : 물건이 닳아지거나 모지라지다

# 같음과 다름

오이넝쿨이 일어선다
조그만 씨앗에서 살아난 새싹 중에
민달팽이 짚신벌레 날마다 덤비는 성가신 손길을 다 이
겨내고
홀로 살아남아
줄기마다 갓 태어난 어린 넝쿨이 덩굴손을 뻗어 허공을
휘저으며
꼿꼿하게 일어서 당당하게 앞으로 뻗어나간다

묵새기게* 하는 코로나19가 곁눈질로 훑어만 보던 관
계를 끈끈하게 이어줘
어제와 달라 보일만큼 몸이 뼈처럼 단단한 오이가
잔디위에 샛별처럼 영롱한 수를 놓는 부추꽃이
이른 아침 느낌표를 키운다

역병을 이겨내려는 마음은 하나
서로 다른 곳에서
다른 모습으로 살아도

가시덤불을 헤쳐 나가
이겨내려는 마음은 하나

테밖*에 있다고 다르지 않은 하나의 길은
기필코 도달해야 할
맑은 물과 깨끗한 공기로 가득한 곳
고향집처럼 어서 빨리 가고 싶은 마음은 하나

---

\* 묵새기다 : 별로 하는 일 없이 한 곳에서 오래 묵으며 세월을 보내다.
\* 테밖 : 한통속에 드는 범위 밖. '테안'의 반대.

# 투쟁

　내 것이 아닌 동떨어진 물체처럼 흐느적거리고 덜렁거
리는 팔을 왼팔로 들고 물리치료를 받으러 갔다가 초죽
음 바로 옆까지 갔다 온다
　6주 동안 다녀야 한다는데
　팔은 더 너덜너덜해졌는지 맥을 못 쓰고 버스 손잡이도
잡지 못한다

　물리치료사는 자기 프로그램대로 일관된 무표정을 유
지하면서 누르고 들어 올리고 흔들어댔다

　운동방법을 찾아보고 따라하느라 잠들지 못하다 두 시
간 반 만에 너무 멀쩡한 머리로 깨어났다
　수영장에 무엇을 가져가야 하더라
　꿈속까지 따라오던 오른쪽 어깨의 고질병에 대항하기
위한 발걸음이 첫발부터 씨걱거린다*

　물속에서도 칼로 베는 것만 같다
　산채로 웅담을 채취당하는 곰의 아픔이 이럴까

뼈를 발리는 닭의 혼이 겪는 고통이랄까

퇴원이 더 아픈 출발점이라는 말은 누구도 하지 않았다
간단한 시술이라고만 했다

몇 시간 같은 한 시간을 간신히 넘기고 나니
벌써 하루 해낸 거야
시계가 말한다

---

\* 씨걱거리다 : 아귀가 잘맞지 않아 삐걱거리는 소리가 자꾸 나다.

# 졸병

tv에서 화장지 선전을 한다
한 번 써 보랑께
얼매나 저분저분한지* 몰라

어며

갸는 뭔 일을 그따위로 하노
며느리밑씻개처럼 가시로 덮여 있구먼
그거이 뻣뻣해서 거시기하더만

뭐여
뭔 씨 나락 까먹는 소리여

얼매나 거시기한디
어데서 뭐하나

와카노
즈그들은 사위질빵같은 끈으로 짐을 지고

니가 그래 해가 이래 됐다 아이가
너덜너덜 찢겨질 것 같심더

이게 아이라예 가입시더

솜처럼 보들보들한 거 없나

그럼 딴 걸로 바까뿌려라이

니캉내캉 가시는 다 갖고 있지 않나

콧값하여도* 졸병, 동네북이 되고 만다

---

* 저분저분이: 성질이 부드럽고 찬찬하게.
* 콧값을 하다 : [행동] 대장부답게 의젓하게 굴다.

# 코무덤의 레퀴엠*

저 쪽배도 일렁이는 바닷물 헤치며 고향으로 달려가는데
나는 이 구천을 떠돌 뿐
내 사랑하는 가족에게 갈 수가 없습니다

한여름 폭염 속에도 뼛속까지 시립니다

당신은 아시나요
나뭇가지처럼 베어진
수많은 코가 함께 뒤섞여
장아찌처럼 절여졌다는 뼈아픈 사실을

실종된 미아처럼
돌아갈 길마저 잃고
인적 없는 자드락* 덤불 속에
돌무더기처럼 한 구덩이에 묻혀있습니다
물어물어 찾아온들 이름표 하나 없는 넋을
어찌 알아볼 수 있겠습니까

아녀자들까지 군화로 짓밟혀
썩은 등걸처럼 스러져 갔던 참상을 저지른 일본 지도자는
단 한 마디의 사죄조차 하지 않은 채 싸늘한 시선마저
보내지 않고
이 원죄가 삭아지는 종이처럼
지워지기만을 바라고 있습니다.

전설처럼
전래동요처럼
우리의 이야기를 길이길이 전해주세요
도도한 역사의 물결로 흐르길 바라는
간절한 소망으로
동백처럼 붉게 타는 마음으로
당신을 부릅니다

---

* 레퀴엠 requiem
  죽은 사람의 영혼을 위로하기 위한 미사 음악
* 자드락 : [지리, 지형] 나지막한 산기슭의 경사진 땅.

# 배추벌레

밥상을 차리면
내가 먼저 먹지
상추며 쑥갓
아줌마가 차린 밥상은
나의 잔칫상

나는 배 채우기 급해
성장점 어린 순까지 다 따먹었지

어부들이 어린 치어까지 싹쓸이하고
중국 어선이 저인망 그물로
싹 다 긁어가듯이

동해에서 그 흔하던 명태가 사라졌다지

이 뜰에서도
저축할 줄 모르는 생쥐의 치즈*처럼
먹거리가 사라져가고 있어
어쩌면 좋지
뒤묻는* 뒷고생*만이

---

* 스펜서 존슨. 이영진역(2001). 누가 내 치즈를 옮겼을까?.
  서울 : (주)진명출판사.
* 뒤묻다 : 뒤에 따라서 오거나 가다.
* 뒷고생 : 늘그막에 하는 고생.

# 그 겨울의 짠내

설 연휴 마지막 날 집에 갔다

연기가 꾸역꾸역 새들어오는 방
연탄불도 없이 엄마는 조그만 난로와 전기장판에 의지
하여
길고 긴 하루하루 습기 가득한 어둠의 페이지를
넘기고 계셨다
어둑한 방안에서도 머리에 수건을 쓰고
목에도 몇 겹의 수건을 두른 채 침침한 눈으로 뜨개질
을 하고 있던 엄마가
잠시 이불 속에 언 손을 넣어 녹이고는
부엌으로 나갔다

턱 높은 계단 아래 깊은 부엌
물을 펄펄 끓여 얼음을 녹여주던 가마솥은
입을 굳게 닫은 채 말없이 앉아만 있고
검게 그을린 벽이 그림자마저 지우는데

그 흔한 알전구도 없이
엄마는 부엌문을 활짝 열어놓은 채
석유곤로에 찌그러진 냄비를 올려 밥을 안친 후에
국을 끓였다

엄마와 집이 찬 없는 밥숟가락처럼 나이를 먹고 있었다

그 남루 위로 쏟아져 내리던 폭설에도
좀 더 큰 난로를 사보 낸 것이 전부였던
그 긴 겨울의 짠내가
아직도 가슴에 머흘은* 눈보라가 되어 몰아친다

---

* 머흘다 : 사납고 험하다.

# 장벽

예술의 전당 정원의 남천과 당단풍나무가 기와담장과
어울려 그려낸 신선한 풍경을 보았을 뿐이다

건너편 성당의 경건한 종탑을 보았을 뿐이다

저 멀리 청주의 푸른 심장 우암산을 보았을 뿐이다

시계는 비등점을 말하고 있었는데 없음을 가장한
유리벽이 차갑게 식히고 말았다

입술이 부래처럼 부풀어 오르며
날 준비를 하는지 분주한 신음소리를 낸다

이집트의 여왕 클레오파트라의 코처럼
높여주려는지 코는 지반 닦기를 한다

숨고르기를 하고 숲으로 들어가려 힘차게 날아오르던
참새에게
　직업전선은 유리문 밖의 일이었나 보다

　시급 이천 원, 하루 일만 원 일자리조차도
　보이지 않는 장벽이 노루막이*처럼 막아선다

---

* 노루막이 : [지리, 지형] 산의 막다른 꼭대기.

# 복사

봄이 또 복사되고 있다

엄마가 끓여주던 뜨끈뜨끈한 동태찌개를 복사하고 싶다

무를 삐져 고춧가루와 들기름에 버무려 달달 볶다가
끓였던가

이번에도 영 다른 맛

복사되지 못한 엄마의 손맛
몰개*가 기억을 죄다 쓸어갔는지 엄마도 재현을 못하
시는 그 맛

엄마를 통해 완벽히 복사된 건 입맛 뿐

---

* 몰개 : 바닷물이 출렁이는 물결. 파도. 물고개.

# 구시렁대다

조각달 같은 몇 줄 시편 쓸 사이 없이 해가 저물고 만다

두서없는 짧은 하루의 대부분은 읽지 못한 책처럼 우북수북* 쌓인 채 뭉뚱그려진다

말장난 같은 몇 숟가락으로 뚝딱 이른 아침을 먹어치우고
5분쯤 늦게야 들어선 글쓰기 교실에서 나머지 오전이
마른 오징어처럼 씹힌다

오후 한 귀퉁이는 병원 대기실이 생쥐처럼 조금 파먹고
시든 배춧잎처럼 엎드려 오만가지 허방다리 꼬리잡기
를 한다
그 중의 꼬리 하나에 끌려 서점에서 뒤적이는 책장들의
따끔한 충고를 받은 후 돌아온
범죄현장처럼 헝클어진 집

구시렁대며 가을부채* 같은 나머지를 먹어치우는 청
소기

---

\* 우북수북 : 한데 많이 모여 더부룩하고 수북한 모양을 나타내는 말
\* 가을부채 : '철이 지나 쓸모없이 된 물건'을 일컫는 말.

# 봄은 찬바람입니다

손이 꽁꽁 어는 날
한 자리에 모인 형제에게
맏형이 어렵게 꺼낸 뜻밖의 한마디가
순식간에 울음빛*하늘을 드리웁니다

매화에 이어 개나리 진달래, 목련과 벚꽃
와글와글 폭소처럼 터뜨리고
전염병처럼 사방으로 퍼지는 꽃소식이
자꾸 당신의 등을 떠미는 것 같아
야속하기만 했습니다

찬바람 부는 어둠뿐이었습니다

나는 신을 버렸습니다
내게서 닮고 닮은 지게 같은 아버지를
그리도 빨리 뺏어가려는 신을
잘못 쓴 편지처럼 구겨버렸습니다

벚꽃이 제주에서 올라오기 시작하여 어디까지 왔다고
뉴스는 바람난 매미처럼 떠들어댑니다

봄이 왔다는데 나는 아직
두툼한 겨울코트를 입고 장갑을 끼고서야
대문을 나섭니다

난로처럼 따스한 당신의 손을 잡아보고 싶습니다
나 어린 날처럼 손잡고 고향으로 가는 십리 길을
걸어가고 싶습니다

* 울음빛 : 금방 울 듯한 형상. 또는, 울음의 기색.

# 파쇄기

A4용지를 빠르게 흡입한다
한 사내가 걸어온 궤적의 기록이
잘게 저며지며 빨려들어간다

도서관에서의 길고 지루한 하루하루가
강의실과 강의실 사이 헐떡이는 마라톤이
새벽시장 양파껍질을 벗기며 허물 벗던
고기 집 불판과 함께 닦여지던 마음
찌꺼기까지 잘게 부수어
버려줄 것처럼

얼음이 땅을 가르는 지
뼈 으스러지는 소리가 저며지며
빈 공간을 울린다

그의 삶이 재강*처럼 버려진 견적서가 되어 잘게 파쇄된다

---

* 재강 : 술을 걸러 내고 남은 찌꺼기.

# 발목

사나운 뿔을 가졌으면서도
뿔을 아래로 내리고
고분고분 가라는 대로
가스러진* 건달의 가랑이 사이로 기어서 지나갔다*
쩌렁쩌렁 산을 울리는 목소리를 가졌으면서도
문지방을 넘는 소리를 내지 않았다

그의 뿔이 서고
입에서 용처럼 불을 뿜은 건
적군과 맞서 공을 세울 때 뿐

작은 시시비비에 발목 잡히지 않고
다만 훗날의 큰 뜻을 도모하였을 뿐인 한신

유방에게 토사구팽된 까닭은
울 아버지가 몰강스러운* 나이 어린 상사에게 허리 굽
힌 까닭은

---

* 가스러지다 : 성질이 순하지 못하고 거칠어지다
* 사마천의 사기 중 한신의 과하지욕胯下之辱
* 몰강스럽다 : 모지락스럽게 못할 짓을 예사로 할 만큼 억세거나 야비하다.

# 입

꽃잎이 훑고 부서지며 흩어지며 지나가고
자갈처럼 단단한 사탕이 부서지며
제 몸을 부피 없는 흔적으로 녹이며 흐르고
물컹한 비곗살이 마시멜로처럼 착착 감긴다

쓰디쓴 알약 한 움큼이 목젖에 걸려
차끼리 서로 엉킨 좁은 골목처럼
후진, 후진된다

검과 창 같은 앞니 송곳니 다 잃어
속도가 줄어든 고갯마루처럼
쓰렁쓰렁* 밥숟가락 행보 더디기만 하여도
존드기, 짱구, 라면땅 마구 불러들이고 불러들인다

쭉쭉 빵빵 에스라인 되긴 그른 모양이다

---

* 쓰렁쓰렁 : 일을 정성껏 아니하는 모양.

# 귀

소리에 잠금장치를 하려는 듯
송아지의 멀뚱한 눈가
일매진* 속눈썹 같은
나이를 먹지 않는 솜털이 지키는

단짝에게도 서로 감추기만 하여
만나주지 않는

얼굴보다 은밀한

이비인후과 의사가 보여줄 때야
제 모습 드러내는

비밀의 문

엄마는 닫아걸고 열지 않는 문

---

* 일매지다 : [양태] 1. 죄다 가지런하다 2. 모두가 고르고 비슷하다.

# 눈

둥싯거리면서도* 초침을 묻고 분침을 묻는다
하루를 통째로 묻고
또 하루를 묻고 묻다가
한 계절, 계절을 간데없이 감춘다

나무는 달빛그림자만 두른
빈 몸이 된다

직박구리, 박새, 참새마저 떠나
나무는 하염없이 적막이다

아들이 떠나고 딸마저 떠난 집
기다림이 푹푹 눈처럼 쌓인다

---

* 둥싯거리다 : [행동] 몸이 굼뜨게 움직이다.

# 하루

라면처럼 꼬불꼬불
넘어간다

새벽부터 뜀박질로 집을 나서면
하얀 입김을 내뿜는 말이 짬뽕처럼 섞여
하나의 제안서를 만들어낸다

거울을 보면 헝클어진 머리에
넥타이는 삐딱하게 풀려
꼬리를 드레스셔츠 주머니에 감췄다
아침에 보지 못한 낯선 사내다

회의실에서 범퍼카처럼 피할 수 없는 부딪침으로
왜각대각* 오후는 너무 빨리 시들고 만다

된물*처럼 고여 있는 업무에
두 시간만 쳐줄 뿐 나머지 노동 값을 싹둑 잘리는
야근 상설할인 코너로 밀려들어간다

뉴스의 근원지가 된 산사태가 주말도 삼켜버릴 것 같다

아이들과 놀지는 못하겠다
사랑에서 멀리 떨어진 하루

---

* 왜각대각 : [양태] 그릇 따위가 부딪치거나 깨어져 요란스럽게 나는 소리.
* 된물 : 빨래나 설거지를 하여 더럽고 흐려진 물.

# 폭설

왜 내 말을 못 알아듣느냐고
폭설되어 꼬마의 호령이 쏟아지고
꼬마의 명령에 복종만이 가야 할 길

내 계획을 푹푹 묻은 날
대출받은 도서는 연체되었고
팔 다리는 흐물흐물

쿠키 만들고 싶어요
책 읽어주세요
그림 그릴래요

그칠 줄 모르는 함박눈이 묻어도
마음은 옴니암니*에도 호드기 소리를 낸다

———————

* 옴니암니 : 아주 자질구레한 것.

# 굴레

문 닫은 빵집 앞을 지난다
간판은 옛 기억을 꺼내 보여주려는 얼굴이다
초췌한 얼굴에 깊게 페인 주름 같은 인상도 그때 그대
로이다
변한 건 얕은 개울 같은 우정으로 엮였던 생활의 골뿐

친구의 학교근처 이 빵집이 방학 때 집에 오면 우리의
접선장소
미리 편지로 귀가를 알리고 피아노 조율처럼 같은 지점
을 찾아 만남의 장소로 정하진 못했었다

우연한 기회에 학교로 친구를 찾아갔다가 친구의 손에
이끌리어 갔던
그 빵집은 안팎으로 겹겹이 허리 굽은 나이를 말해주려
는 듯 했고
찌그려져 주저 앉아버릴 것 같은 함석지붕 처마아래 찐
빵을 찌는 우그러진 양은솥이 하품처럼 하얀 김을 쏟아
내고 있었다

몇 개뿐인 삐걱거리는 나무의자에 앉았을 때에야 친구
의 얼굴을 자세히 들여다 볼 수 있었다
　명랑만화를 그리겠다던 말괄양이 표정은 간데없이
어스름 석양밖에 보이지 않았다

　소식 없이 연기처럼 사라진 그 아이의 얼굴마저
사그랑주머니*처럼 희미해져가는
버스 속에서 고개를 돌려 그 빵집을 보는 오후

　설다듬이*도 해보지 못한 우정은 황혼 빛마저 기울고
　삶의 궤적에 묶인 우리의 장미도 시들어 한 페이지를
또 지운다

---

* 사그랑주머니 : 다 삭은 주머니라는 뜻. 속은 다 삭고 겉모양만 남은 물건
* 설다듬이 : [일] 대강대강 다듬는 다듬이.

# 매화 피는 소리

기찻길 레일 위에 귀를 대보면 기차가 오는지 안 오는
지 알 수 있었다

매화가 벙그러지는 소리를 듣고 싶을 때
매화나무에 귀를 대어 보지 않아도
매화는 소리를 보여준다
함박눈이 가져다준 물을 담은 기관차가
매화가지 레일 위를 힘차게 달려오면
헐거워진 겨울 문고리를 잡아당겨
눈송이 같은 꽃봉오리 여는 속도까지 보여주지

문 닫았던 매화꽃잎 활짝 열어젖히니
까딱하면 그 소리 못 볼 수 있다

문을 여는 꽃잎 속에서 부개비 잡히듯* 수술도 암술도
팔을 쭉 펴고 기지기를 켜겠지

꿀처럼 달콤하게 말을 걸겠지

당신의 문도 활짝 열어보실래요

---

* 부개비잡히다 : [행동] 하도 조르기 때문에 자기의 본의 아닌 일을 마지
못하여 하게 되다.

| 제3부 |

# 서분서분하다[*]

---
\* 서분서분하다 : [성격] 성격이 부드럽고 친절하다.

# 짝짝이 양말을 신고

짝짝이 양말인줄 알고도 신고 나갔다면
엉킨 회로를 의심해 보아야 할까

짝짝이 양말처럼
서로 다르면서도 같은 표정
비금비금한* 마음을 가졌다고 생각했다

같은 밥솥의 밥을 먹으며 살아도
쌍둥이라도
똑같을 수 없는 느낌표의
모양을 발견한 날은
왠지 바람도 갈피를 잡지 못하는 것 같았다

어쩌랴
백년을 산다 해도
결코 벽오동이 오동이 될 수 없다는 걸
분 냄새 닮은 연보라 꽃을
피울 수 없다는 걸

---

* 비금비금하다 : [양태] 견주어 보아 서로서로 비슷하다.

# 사진 한 장을 본다

나뭇잎이 그늘을 드리운 지붕처마
구멍 뚫린 처마 사이로 나무와 하늘을 들이는 것도 부
족하여
처마 밑으로 가지가
버젓이 들어와 자리한 그림

멋스럽지도
신기하지도 않고
설핏* 지나치기 십상인 한 장면일 뿐인 사진 한 장에서
나는 공존을 본다
너와 나의 어울림
너에게 들어간
나에게 들어온
서로 경계선을 쉬이 넘어선
함께 더불어
어깨동무를 한
다정한 하늘과 나무와 지붕처마의
하오의 섬을 본다

커다란 은행나무 그늘 속 기와지붕 처마아래
유리창 너머
해맑은 소녀와 눈이 마주친다

---

* 설핏1 : 정도가 심하지 않고 약하게.

# 종이비행기

날지 못하는 꿈이다

엄마로 아내로
일소처럼 살아내는 길로 방향을 튼 후
그냥 터벅 터벅

엄마 사랑해요

아이의 한 마디에 여낙낙하여져*
날개를 잃고도
쳐진 어깨에 힘이 들어간다

한 걸음 한 걸음
걸음마다 결이 곧아진다

---

* 여낙낙하다 : 성미가 온화하고 상냥하다.

# 당신의 환한 미소

담 모퉁이에 서 있었다
가을바람이 점점 옷 속으로 파고 들어와
마음까지 파라핀처럼 굳어지게 했다

몇 시간째일까
당신의 창문은
어둠이 더 짙어지고 있다

바람소리일까
아슴아슴한* 발소리

점점 더 빠르게 북치는 내 가슴

달빛에 젖은 당신의 긴 머리카락이
바람에 날개처럼 살랑인다

당신의 이름을 부른다

석탑처럼 멈춰선 당신

뛰어간다

차가운 손을 잡는 당신의 따스한 손

어린 새처럼 내 가슴에 안긴 당신

당신의 환한 미소에
나는 언덕 위의 소나무처럼 살아난다

---

* 아슴아슴하다 : 또렷하지 않고 흐릿하고 희미하다.

# 다이어트


일요일마다 걸려오는 엄마 전화를
벌써 삼 주째
받지 못하고 있다
자란자란* 달라붙어 만남을 강제 다이어트 시키는
코로나19

귀문 닫은 엄마에게 설명을 할 수 없는데
전화벨 소리는 유별나게
목소리를 높인다
화난 엄마의 마음을 대신 말하나보다

일주일 기다림 끝에 허락받았던
일요일의 유일한 낙
묵밥 집 가는 단순한 외출조차 금지된 날들

영문도 모른 채 거절당하는
엄마 마음이 목에 걸려
대강 챙기려던 밥마저 입에 쓰다

---

* 자란자란 : [물, 액체] 1. 액체가 그릇의 가장자리에서 넘칠락 말락 하는
　　　모양

# 잠을 허락받다

눈은 자꾸 감기는데
조그만 수술실 의자에 앉혀 놓고
기다리라고 합니다
의사는 오지 않고
자동차공장의 조립 공정처럼
덩치 큰 기계들이 왔다갔다
덜그럭거리며 즈그들 할 일만 합니다
간단한 시술이라더니
준비과정이 느리터분하게* 늘어집니다
8시20분에 들어가 20분이면 된다더니
10시 20분이나 되고서야
침대가 움직입니다

지구가 빙빙 도는 것 같은데
무중력으로 떠오르는 듯

---

* 느리터분하다 : 느리고 답답하다.

# 공부

내가 어딘가로 던져져
여기 있음을
선택의 여지없이 받아들여야 한다는 것을
알아가는 발걸음

사과 한 알 보았을 뿐이지만
여기까지 굴러 오는 도중의
목소리들을 죄다 받아 적으려는
할 수 있는 일과
할 수 없는 일이 있다는 걸

다른 곳으로 던져졌다면
어떻게 되었을까

다가가려 할수록 멀어지는
다른 방패로 밀쳐내는

목적지가 보이는가 하다가도
한 발짝 어긋나자 미궁으로 빠지는

몸은 타워펠리스에 있어도
마음은 오두막에 머물러 있음을 알아채는 것을

밀긋밀긋* 시도를 해보고
실쌈스럽게* 참아내지 않는 내 탓 없이
번개로 때린 듯 두 쪽이 나며
떠오르는

---

* 밀긋밀긋 : 무거운 것을 조금씩 잇달아 밀어내는 모양.
* 실쌈스럽다 : 1. 말이나 행실이 부지런하고 착실하다 2. 뒤스럭스럽다.

# 손

내 무게에 둥개는* 몸통과 다리
횡단보도 초록 불 꺼지기 전에 건너려다
다리 힘이 풀리고 만다

만병통치약 같은 건강기능식품들
내성이 생긴 항생제처럼
아무런 능력 발휘를 하지 못한 채
손 자체가 쇳덩이가 된다

언덕배기에서 헛바퀴를 굴리는 낡은 트럭처럼
들고 있기도 버거워 툭 떨어진다

---

* 둥개다 : [행동] 일을 감당하지 못하고 쩔쩔매다.

# 네비게이션

엄마 아버지는 네비게이션이셨다

천둥벌거숭이 나는
자꾸
길이 아니 곳으로 들어서려 했다
얘야 그곳은 가시덤불길이야
보고 싶은 것 많고 가고 싶은 곳 많아
한눈 자꾸 파는 나
물고기 구경하다 시장에서 엄마를 놓치고
이곳저곳 헤집고 다니려 하면
당황할 새 없이
서둘러 새 길로 안내를 하느라 가선지셨다*

눈, 귀 어두워 엉뚱하게 산비탈로 접어든 엄마
업그레이드 할 수 있으면
모래시계처럼 거꾸로 돌려놓을 수 있으면

* 가선지다 : [용모] 눈시울에 주름이 지다.

# 뜬구름 잡기

그가 귀에 대고 감미로운 세레나데처럼 속삭인다
진홍빛 키스를 한다
로맨티스트가 되어 귀에서 피어싱을 떼어
다이아몬드 징표를 그녀에게 준다
영화 속으로 빠져들어
내가 주인공이 된 로맨스를 그려본다
두둥실 뜬구름 타본다

남의 일도 내일처럼 기뻐
가다귀*마저 없어도 복주머니가 보인다

---

* 가다귀 : [목재] 참나무 등의 잔가지로 된 땔나무. 가닥.

# 귀를 털다


  오지 않는 애인 같은 버스를 기다리며 구겨진 얼굴로
일에 지친 몸뚱이에 싸구려 아매리카노를 긴급 주유하여
기름통을 채우다
  버스에 올라타자 시장통처럼 소란스럽다


  도청 벽은 무예마스터십 시대를 넘어 세계를 잇는다고
굳은 얼굴로 힘주어 말하고
  시청 정문은 함께 웃는 청주 구호대로 입을 크게 벌려
웃는다
  형통슈퍼는 먼지에 덮인 몸으로도 모두 대박날거라는
말만 되풀이


  계속 통화중인 여학생이 생생한 중계방송을 한다
  뒷자리에서 졸던 아줌마
  버스 기둥에 젖은 솜 같은 몸을 기댄 아저씨
  커다란 가방을 맨 남학생
  저절로 고개를 차창 밖으로 돌린다

승용차에 혼자 타고 있는 아줌마가 머리를 흔들고 팔을 있는 힘껏 저으며 춤을 추고 있는데
　안다미로* 넘치는 웃음에 억지로 재갈을 물린다
　여학생의 사설이 시시콜콜 목소리를 높이며 개껌처럼 질기다
　너무 통화가 긴 거 아니냐는 아줌마의 물음에
　"왜요"

　제멋대로 왈왈대길 멈추어 승객은 저절로 절전모드가 된다

　버스가 귀를 터느라 부릉거린다

———————

＊ 안다미로 : 담은 것이 그릇에 넘치도록 많이

# 유리창

티끌이 없다
하늘이 들어온다
두루미 한 마리가 들어온다
또 한 마리가 들어온다

정겹다

거울이 된다
따스한 풍경을
실크스크린한다

좋은 것 나쁜 것 가리지 않지만
오늘은
다정을 들이는
두렷한* 호수의 수면이다

---

* 두렷하다 : 엉클어지거나 흐리지 않고 분명하다.

# 통증

예정된 도화선에 불이 붙는 것이다

몇 억 광년 전에서 달려와 이제야 눈에 꽂히는 별빛처럼
조상으로부터 낱낱이 전달된 유전자가
지나온 궤적의 외침이다

뼈를 무쇠처럼 만들어준다고
탱글탱글 복숭아처럼 매끄러운 피부를 만들어 준다는
말에
머리에 기름을 쳐준다 하여
맑은 개울물 같은 혈관을 만들어달라고
먹고
먹고
마구 먹었다

가당치 않은 식탐이 길을 내 줘
돌고 돌아

딱장받는* 질병의 비등점에 도달한 것인데
다만 스스로 눈치 채지 못하여 맞게 된 변곡점일 뿐이다

시시각각 그래프를 그려대는, 의료기구에 의지하여 비
로소 허구투성이 통증의 자취를 낱낱이 고해하는데
   맘보자기*에 구멍이 난다

---

* 딱장받다 : 낱낱이 캐묻고 따져서 잘못이나 죄를 털어놓게 하다.
* 맘보자기 : 마음을 쓰는 바탕

# 아래에 대한 사색

현대미술관에서 천장을 일제히 떠받치고 있는 군상 조
각을 본다
한 사람만 삐끗해도 균형이 깨질
아래가 없는 세상은 블랙홀 밖의 일쯤일까

새벽의 소리를 들어본 적 있는 이는 안다
어둠 속에서 텅! 텅! 북치는 소리가 들리기도 하는 걸
그건 환경미화원이 너테* 같은 공기를 깨는 소리
이른 아침에 집을 나서면 거리는 벌써 세탁해 놓은 옷
을 입은 듯하다

찬바람이 몰아쳐도 붕어빵을 파는 포장마차가 있어
어두운 퇴근길 주머니 속이 얼마나 따뜻하던가

---

* 너테 : [물, 액체] 얼음 위에 더끔더끔 덧얼어 붙은 얼음.

# 복지관

사회공헌 활동에 참여하여 부지런히 쓰레기 봉지를 접고, 나들이 갈 때 사용할 이름표를 만든다

점심시간
저만치 아롱다롱 영산홍이 그린 꽃길 계단으로 올라가 본다

복지관을 완공하였을 때 식목행사에 참여하여 나무를 심었던 동산
땀을 식힐 그늘 한 점이 없던 곳

가난을 훌훌 벗고 자라난
단풍과 느티나무가 손을 맞잡고 오월의 신선한 초록 터널을 이룬다
어린 묘목의 연약한 모습 벗은 청년의 믿음직한 푸름에
머릿속 땡볕을 지우고 울창한 풍경을 들인다

가속페달을 밟은 눈부신 성장에

　벅차오른 마음으로 어린이들이 체험 학습하러 와서 꽃
을 심을 화분에 넵킨 그림을 붙인다

　어린이도 꽃도 동산의 나무처럼 무럭무럭 자라서 흥그
러운* 노래로 빛낼 소망의 바니시를 덧입힌다

---

* 흥그럽다 : 여유가 있고 흥겹다.

# 은신처

병원진료 후 검사대상자가 되었던 후유증이
삶을 헝클어진 머리처럼 어지른다

바이러스처럼 증식하는지 불안이 부름을 두려워하게
한다
왜 하필이면 이럴 때 자꾸 병원에 가게 되나

밖에서 쓰다 들고 들어온 손이 불안하고
마스크 속에서 웅얼거리던
입이 찜찜하고
헉헉대던 코까지 불안하다

사늘하고* 널찍한 카페에서 키운
불안을 안고 들어와
손 소독제로 손을 구석구석 행군 후
항균비누 거품을 따라 일어서는 질문
이제 안전한가

문고리 열쇠를 알콜로 샤워시킨 후
입고 나갔던 옷을 세탁기에게 맡기고

샴푸 샤워겔 온갖 세정제가 몇 바퀴 돌고서야
집이 은신처이자 피난처가 된다

나도 시나브로 의심과 불신의 덫에 걸린 환자가 되어
가나

---

* 사늑하다 : 아늑한 느낌이 있다.

# 틱

방바닥에서 일어서려다 주저앉았다는 엄마
병원에서 아무 이상이 없다고 했답니다
이주일이 지났는데
차문을 열어드려도 올라타질 못합니다

앉았다 일어서는 일이 언제부터인가
느린 동작 촬영 같더니
틱 하나에 발 디디기
틱 하나 내려서기
걸음마다 신음을 토해냅니다

밥 한 끼 같이 먹으러 가는 일조차 어려워져
파스를 붙였다는 엄마가 삼보일배처럼 걸음을 멈춥니다

암탉이 날마다 낳는 알처럼 부쩍부쩍 늘어나는 장애물
무슨 이자처럼 불어납니다

턱은 엄마에게 내대이지*말라는 명령입니다
　　나는 엄마에게 등업이*가 되려고 운동을 안 하는 거냐
고 묻습니다

---

* 내대이다1 : 내대다. 소홀하게 막 대하다
* 등업이 : 걷지 못하여 등에 업고 다니는 아이.

# 먹어치우다

산이 빙하처럼 무너져 내리며 울부짖었습니다
나무도 아파하며 섧게 떠났습니다

뻘건 핏물 든 산의 속살
이름도 남기지 못하고 난도질당한
산의 흔적을 지우려 서두르지만
레미콘 똥구멍에서는 질펀한 설사만 쏟아집니다

이 도시는 아담한 읍이었습니다
뚱뚱하게 살찌는 동안 산을 하나씩 먹어치우고
가로수와 조경수 외에는 사방을 회색 벽이 둘러서는
볼품없는 쌍둥이만 낳았습니다

점령자는 깃발을 꼽고
또 하나의 산을 지운 벌판 위에
키다리 아파트를 키워가겠지요

도시공원을 해제한다는 뉴스가 또 나옵니다
사시랑이*들이 보상 없이 쫓겨난다는데도
귀 기울여 주는 이가 없습니다

---

\* 사시랑이 : 가늘고 힘없는 사람

# 도시의 탄생

시를 쓴다는 건 건축이다
아니 건설이다
도로를 뚫고
하나의 이야기 나라와 세상을
그려가는 지난한 과정이다

설정을 하고 구성하여
설계도를 그리고
수정을 거듭한다

뼈대를 세우고
벽돌을 쌓고
창문을 내고 보를 얹어
상량식을 하고
지붕을 얹은 집들을 짓는다

점에서 동그라미 세모 네모 세포 분열하여
도시가 구체적인 형태를 잡도리하는* 구상화가 된다
다채로운 풍경을 그려내는 한 편의 시가 세운 마을

살고 싶은 신도시가 구축된다

삼십여 년 훌쩍 넘기며 정든 터전이 된 집처럼
몇 십 년 머물고 싶은 둥지가 된다

---

* 잡도리 : 잘못되지 않도록 단단히 주의하여 다룸

# 하염없는

벗은 기다립니다

내 마음을 활짝 열어 당신에게 보여주려 했고
당신만을 위하여 그림을 그렸습니다

너도 나도 문전이 닳도록 찾아와
사탕처럼 달콤한 고백을 쏟아내지만
당신은 다른 하늘만 바라봅니다

어찌 해야 당신이 나의 가슴 고동소리에 귀를 기울여
줄까요

기다림에 맛문하여* 야위어 갑니다

너무 아파 검은 진물을 흘립니다

---

* 맛문하다 : [양태] 몹시 지치다.

# 일탈 아닌 일탈

급한 전화를 받고 달려간 아들네 집
손녀는 "하찌! 맘마"
손자는 "할머니! 쿠키 만들래요"
"우리 사과주스 만들까?"
며느리는 "어머니! 애들 데려올 때 병원에 가주세요"
아들은 "엄마! 도시락 싸야 해요"
손녀에게는 불고기
손자에게는 돈까스
며느리에게는 파스타
아들에게는 열무국수
각자의 입맛에 맞는 메뉴를
일사천리로 내놓는 만능 인공지능 로봇
전속 매니저처럼
RPM수치가 극점에 올라도
원하는 건 무엇이나 척척

순도 백퍼센트 일꾼에게 일탈이란
젖히고* 고장이 나고서야 멈춰선 기계가 되는 것이랄까

---

* 젖히다1 : 입맛이 싹 없어지다. 또는, 입맛을 잃다.

# 수세미


노란 알전구를 밤낮으로 켜고
정성을 드리더니
대어를 건져 올렸다
월척 중의 월척
보란 듯이 들어 올린다
노오피

긴 기다림 끝에 얻은
우리아기
허거픈* 바람을 지우는 대물이다


---

\* 허거프다 : 허전하고 어이가 없다. [비슷]허구프다.

# 과자

과자 전문점에 갔어요
다른 나라 과자 벽이 있어요

나는 공룡처럼 입을 벌려 다 먹고 싶어요

엄마가 두 개만 고르래요

존드기 라면땅 쫑구는 엄마가 어릴 때 먹던 거래요
나도 먹어보고 싶어요

바구니에 더금더금* 산이 되요

엄마는 팥쥐 엄마 같아요

트램펄린 할 때처럼 신났는데

---

* 더금더금 : 더한 위에 거듭하여 더하는 모양.〈더끔더끔

# 주류사회

죄 없는 어린아이들이 어린이집에 가지 못하고
학교에 가지 못하는
코로나19 사회
마스크가 방패가 되는 이때

굳이 가지 말라는 곳에 가고
메뚜기 떼거리가 되어 아부재기*다

주인이 아닌 바이러스가 동네마다 차지하려
밀려들어오는 길을 막기 위해
추석명절도 비대면
장보기는 온라인

갈매빛*일지라도
마음만은 더 가까워지자는

바닷가 돌멩이처럼
조개껍데기처럼
파도에 쓸리지 않기 위하여

---

* 아부재기 : 요란스럽게 부르짖거나 소리치는 일이나 그 소리
* 갈매빛 : 검은 빛깔이 돌 정도로 짙은 초록 빛. 갈매나무의 열매 빛.
  흔히 멀리 보이는 아득한 산빛이 이런 빛을 띰.

# 합평회

배를 살짝 건드리기만 해도
까르르 쌀알 같은 웃음을 쏟아내는 아기처럼
옆구리만 살짝 건드렸을 분인데
어깨만 툭 쳤을 뿐인데
좋아 죽겠단다

나릿나릿* 시든 채소 같더니
눈을 번쩍 뜬다

막혔던 물고가 터져
시가 나라미*를 살랑살랑

---

\* 나릿나릿 : 하는 일이나 짓이 재지 못하고 더딘 모양.
\* 나라미 : 물고기의 가슴지느러미의 통칭.

# 무엇일까

차가운 물속에서 옆으로 기며 삶을 꾸려오느라
애쓴 것으로 부족하여
구워지고
삶아지고
쪄지는 꽃게의
고단함을 들여다 본다
아들이 보낸 간장게장 살이 아이스크림처럼 녹는데

제 속살을 빨아먹어 몸을 줄여 살아내는 게처럼
아버지가 당신의 끼니를 줄여
허리끈을 더 졸라매며 견뎌낸 그 힘은
무엇일까

객지에서 독거로 견디는 강심살이* 힘겨워도
쭈그렁바가지가 되어서도
주려고만 하는
그 힘은

* 강심살이 : 고생살이.

# 이런 날은

민족 대이동하면 비상이 걸려 동에 번쩍 서에 번쩍 파 김치가 되는 날

고기를 뒤집어야한다
노릇노릇 구워질 때까지 참기 힘든 시간의 꼬리가 자꾸 길어지는 것 같아도 고기 굽는 냄새로 집안을 가득 채워야 한다 밍밍하지* 않게

TV에서는 맛있게 먹기, 열전 중
묵은 지 감자탕 국물을 한 숟가락 떠먹고는 지구가 두 배의 속도로 도는 표정을 짓고 김치 한 줄기를 찢어 손으로 높이 들어 올려 고개를 뒤로 젖히고 말린 명태처럼 크게 벌린 입 속으로 차근차근 밀어넣는다
커다란 뼈를 하이에나 같은 결연한 표정으로 물어뜯고 는 자지러진다
감자 한 알을 통째로 입에 넣으려고 애를 쓰다 웃음을 터뜨린다

내가 없으면 안 된다는 듯이 삼겹살이 지글지글 몸을 배배 꼬며 텅 빈 집 허전한 공기를 엄마의 손길처럼 데워준다
오랜 세월 객지생활로 다져진 아버지와 자취할 때 전수받은
초 간단 요리, 간장 찍어 구워지는 삼겹살이 코를, 눈을, 입을 무장해제 시킨다

땅이 흔들릴 만큼 드럼을 쾅쾅 울리는 음악은 목소리를 높이고 가난한 밥상도 두겁가는* 밥상으로 만들어주는 고기를 구워야 한다

잔칫집처럼 냄새와 색깔과 소리까지 소란스럽게 몸을 들썩이며 혼자 집 지키는 강아지 같은 쓸쓸함을 탈탈 털어내야 한다

---

* 밍밍하다 : 음식 맛이 몹시 싱겁다.
* 두겁가다 : 으뜸가다.

# 가로수

이곳으로의 이주는 뜻밖이었다
모국어가 통하지 않는 다른 나라처럼 낯설었다

고만고만한 친구들의 살 냄새가 번지는 조용한 산동네
가 좋았다
새에게 넓은 뜰 가진 집터도 두엇 나누어 주며 오래도
록 살고 싶었다

어렵게 말을 섞기 시작한 친구의 손을 잡아보고 싶은데
닿을 듯, 닿을 듯 닿지 않았다
일 년 동안 애써 키운 팔이 잘려나갔다
나는 도마뱀 꼬리처럼 잘린 팔의 통증을 뚫어 새 팔을
길러내려 했다
주변 간판은 얼굴이 안 보인다고 투덜거리고 전기톱은
악을 쓰며 내 팔꿈치와 어깨를 자르고 말았다

풀숲은 덤부렁듬쑥*한데 덜퍽진* 열매 맺지 못한 나는 맨몸으로 등치까지 떨리는 겨울을 나야 했고 봄부터 부지런히 물을 길어 올렸지만 한여름 뜨거운 볕을 떠받치기에 팔은 턱없이 짧기만 하였다

　자동차가 나팔수처럼 경적을 울리고 끊임없이 마라톤을 하는지 매운 가스를 방귀처럼 뿡뿡대며 달린다
　해거름이면 어느새 가로등이 밤의 길을 막고
　낮잠 자던 간판이 사람들을 불러 모은다
　늘 잔칫집처럼 소란스럽기 그지없다

　다붓하여져서* 푸근한 풍경에 젖어들다가
　수리부엉이만 이따금 우는 깊은 잠을 자고 싶다


---

* 덤부렁듬쑥 : 수풀이 우거져서 그윽한 모양.
* 덜퍽지다 : 푸지고 탐스럽다.
* 다붓하다2 : 호젓하다.

# 잠언이 되다

숲으로 들지 못한 새가되어
빈들에 쓸쓸히

영화 한 편을 보려 했을 뿐
햄버거 한 개로 간단히 점심을 먹으려 했을 뿐
승차권 한 장 사려 했을 뿐

시간은 고속 열차를 타고 달려
영화상영이 시작되고 말았고
햄버거대신 김치찌개를 먹을 수밖에

줄은 자꾸 긴 꼬리를 늘이고 진땀이 한 바가지인데
뒤에서 기다리던 청년이 승차권을 뽑아주며
저도 처음엔 어려웠어요

더 열심히 배우지 않으면

가멸차지* 못하여 새빠져* 꽁지 빠진 채 밀려날 수밖에
없다는

터울거려야* 방주의 가녘*에 매달릴 수 있다는

---

\* 가멸차다 : 실속 있게 넉넉하다

\* 새빠지다 : (생각이나 행동이)시시하여 보잘 것 없다. 또는, 주견이 없고
　　　　가볍다.

\* 터울거리다 : [행동] 목적을 이루려고 애를 몹시 쓰다.

\* 가녘 : 가장자리. 여가리.

| 제4부 |

# 서그럽다<sup>*</sup>

* 서그럽다 : 너그럽고 부드럽다

# 낙원은 일상 속에 있든지 없다 *

태풍이 훑고 지나갔다
여름의 지독한 사랑의 뜨거움도 식은 차처럼 한풀 꺾였다
순한 바람이 좋아 책을 끼고 복지관 동산에 올랐다
하얀색 종이 위에서 꿈틀대던 검은 지렁이에게 오전 내
내 시달리고 들볶여서 눈 먼 자들의 도시* 사람처럼 눈을
뜨고도 작은 풀잎 하나 알아보지 못하게 된 눈을
초록물결에 담그고 있다

내 평온을 두드리며 비가 내린다

게이트볼장 옆
정자에서 긋는 빗소리도 푸르다
한여름 나뭇잎 같다

점심시간 짧은 행복도 잊고 산
지난봄과 여름의 얼음처럼 차갑고 딱딱한 마음 조각이
마른 나뭇잎처럼 빗물에 씻겨 내려간다

느루 잡아* 빈 시간이
직박구리 노래의 볼륨을 높여준다

---

* 낙원은 일상 속에 있든지 없다 : 김훈, 『자전거 여행』에서 인용.
*『눈 먼 자들의 도시』: 포르투갈의 노벨문학상 수상 작가 주제 사라마
                 구가 쓴 장편 소설
* 느루 잡다 : (사람이 시일이나 날짜를) 여유를 두고 느직하게 예정하다

# 판화가 된 풍경

붉은 단풍 닮은 지붕이 찍혀요
연노랑 벽이 찍혀요
맑은 바람과 파란 하늘을 담은 창문을 찍어요
창가에 기대어 두 손으로 턱을 괴고
오리가 놀러온 연못을 구경하는 양 갈래 머리 소녀를
찍어요
낮달을 머리핀으로 꼽고 얕은 바람을 노래로 부르는 자
작나무를 찍어요
근경 중경 원경 거리가 모두 물러나고
3차원이 1차원으로 압축되어요

서로가 더 가까워진 관계가 담겨요
시뜻*해지지 않아 모지름* 쓰지 않아도 좋은 거리예요

---

* 시뜻하다 : 마음이 내키지 않아 시들하다. 같은 일을 여러 번 겪어 물리거나
  지루해지다
* 모지름 : 외로움을 이겨내거나 견뎌내려고 기를 쓰는 것, 모질음의 북한어

# 해는 떠 있고

표고버섯을 한보따리 사들고 모처럼 일찌감치 집에 온 날
자투리 같은 틈을 이용하여
미루던 청소를 하고
자꾸 일을 더한다

며칠 동안 어깨시술 후 살갗의 감각이상 쯤으로 생각했던
큰 일거리의 실체가 발견되어
옥상에 뛰어 올라가보니 보일러실이 한강이다
펌프를 막아도 오줌을 싸는 모터
비지땀을 흘린 끝에
토사물을 한바탕 쏟아낸다

물과 함께 내 몸의 힘도 모두 빠져나가 버려
마당의 너저분한 일거리는
또 뒷전으로 밀린다

주방을 정리하러 갔다가
얼음

보일러 수리비로 지갑은 탈탈 털렸는데
급수전이 또 사고를 쳤다

그냥 쉽게 둘 수도 있던 자투리를
모다기령*으로 알뜰하게도 발라내는
포달스런* 덤터기에 해가 기울고만다

———————
* 모다기령 : 한꺼번에 쏟아져 밀리는 명령.
* 포달스럽다 : 야멸차고 암상스럽다.

# 더위 먹다

월요일 수업에 갔다가
병원 두 곳을 순회하다 통증에 혼을 빼앗길 뻔하느라
청주시를 두 바퀴 도느라
몸에서 힘이란 힘은 다 쏟아내고 난 터라
머리도 텅 비어진 항아리가 되었나보다
누름돌로 눌리지 못한 정수가
모두 무지렁이가 되어 흘러내렸나보다
있는 힘 그러모아
자투리 같은 공백을 참지 못하여
땡볕 속을 헤치고
도서관 문을 밀쳐 보고서야
월요일이라는 사실이 번개처럼 튀어나온
시청 앞 벤치에 앉아 있자니
없던 여유도 더 길어지는 것 같은데
보이지 않던 뭇사람들의 표정 하나 하나가
새삼스럽게 다르다는 생각이 퍼뜩 드는 찰라
하얀 벌레가 꿈틀 기어와
화들짝 펄쩍 일어서다 생각을 다 잊는다

아, 정말, 물쿠다*
더워

---

* 물쿠다 : [천문, 기상] 날씨가 찌는 듯이 덥다.

# 새 집

새집은 은폐입니다
좋은 집터는 내가 숨을 수 있는 곳입니다
튼튼한 기둥이 받쳐주고
커다란 나뭇잎이 빙 둘러 바자울*처럼 에워싸 주면
좋겠지요

아무도 가까이 올수 없는
가까이 오더라도 눈치 채지 못하는

이 기초적인 공간에
이제는 새로운 기술에 안성맞춤인
신소재를 찾아야 합니다
사방이 콘크리트 벽으로 둘러싸인 곳에서도
초록을 찾아냈지만
숲이 지워진 자리 이 좁은 뜰의 재료들 속에서
예전처럼 억새 같은 식물 줄기를 찾기는 어렵겠어요

아기를 출산하기 전에 뾰족한 수를 찾아 주변을 둘러봅
니다
　가까운 곳에서 부직포로 가림 막을 친 원룸공사장을 발
견했어요
　빈 나일론 포대도 넘칩니다

　더 튼튼한 집을 지을 수 있겠어요
　부직포는  솜털처럼 부드러워서
　아기에게 따뜻한 요람을 만들어 주겠어요

　눈이 번쩍 뜨여 대저택 같은
　신소재 새 집 짓기에 나섭니다

---

* 바자울 : [집, 건축] 바자로 만든 울타리.

# 바람처럼

잠깐만 기다려 달라고 했지요
바지로이* 어떤 손님을 만나야 했어요

서둘러 돌아와 보니
이미 식어버린 빈 의자

야속해 할 수도 없어요
어디로 발길을 돌렸는지 알 수 없어
연락할 길도 없어
안타까울 뿐이지요

순간의 만남에 그친
스쳐 지나가 버린

혹시 언제 다시 올지도 몰라
헛꿈을 꾸는
엇갈린 인연이에요

바람처럼 문득
하늘을 보게 해요

# 장미

바람이 꽃을 때리고는
제 손이 더 아프대요

엄마는 나에게
손을 한 번 댄 후로
마음이 쓰리대요
가슴에 옹이로 남아
진물이 흐른대요

가시에 찔린 바람
붉은 핏물이 들었어요

나는 플레어스커트 자락을 흔들며
부룩송아지*처럼 왈츠스텝을 밟는데
엄마는 꽃잎처럼 자꾸 시들어
삭정이가 되어가요

---

* 부룩송아지 : [동물] 길들지 않은 송아지.

# 집성촌

미루나무 한 그루에 집 다섯 채
이웃끼리 섬처럼 살기보다 옹기종기 모여 사는 게 더
좋은가보다
끼리끼리 모여 사는 동네처럼
집성촌을 이루었다

옆집 앞집 할 거 없이 문 열어 놓고
시시콜콜 가림새* 없는
같은 초등학교 학부모이고 동기동창인
아이들은 산을 길 삼아 고개 넘어 학교에 가며
가갸거겨 노래 부르고
하굣길엔 개울에서 멱 감으며 시간가는 줄 모르고
엄마들은 마을 가운데 우물가에 앉아 시부모 많은 식구
수발드는 시름을
빨래방망이로 두드리며 까치처럼 짖어대다
새참 막걸리 사발을 준비하러 종종걸음 고무신 닳고
저녁연기 하얀 그림을 그리는
까치만 사는 마을처럼

같은 집안사람 끼리
미루나무 그늘이 좁다란 작은 동네 모태*

백점 맞은 받아쓰기 시험지 흔들며 씩씩하게 뛰어가던
입학시험 합격통지서 손에 쥐고 달려가던
소년이 살던 빈집에서
감나무 혼자 늙은 개처럼 기다리다 까무룩 졸고
까치만 자랑스러운 상장처럼
날개 활짝 펴고 집으로 돌아가던 저녁어스름

* 가림새 : 숨기거나 감추는 바.
* 모태 : [음식] 인절미나 흰떡 등을 안반에 쳐서 낼 수 있는 한덩이.

# 닻을 올리며

새아침이 기지개를 켜며
일어날 채비를 하고 있다

라데츠키 행진곡*에 맞추어
말발굽소리 기운차게
달려가 보자

닻을 높이 올려
어떤 파도에도 굴하지 않는 필리어스 포그*처럼
순간순간에 기름칠을 하며
노 저어 가자

365일의 여행길
도전장을 내밀고
첫발을 기운차게 내딛는다

시립도서관 앱 휴관 안내에 뜨지 않는 도서관에 간다
문이 바리케이드가 되어 막아선다
허방다리 짚기로 출발하여
흥덕사지에 가니
산수유나무가 늘픔* 홍등을 밝게 켜고 반겨준다

---

* 라데츠키 행진곡 : 요한 슈트라우스 1세의 대표작이라 할 수 있는 〈라데
    츠키 행진곡〉은 힘차게 전진하는 행진곡 풍의 리듬
    에 반복되는 멜로디가 인상적인 곡이다.
* 필리어스 포그 : 쥘 베른의 80일간의 세계일주 주인공
        사람들의 염려와 달리 우여곡절 끝에 80일 안에 세계
        일주를 끝낸다
* 늘픔 : 앞으로 좋게 발전할 가능성.

# 지워지고 마는 섬

다들 앞 다투어 어깨를 밀치며 푸른 잎을 키운다
영산홍이 필 때가 되었는데
문득 궁금해졌지만
원룸이 막아서고 아이비와 단풍이 덧칠한 그늘에 치어
홀로 스러져 있다

서로 먼저 돌보아 달라고
아우성인 아이들을 돌보느라
한 번의 눈길 주지 못한 햇빛

바람이 안쓰러운 마음에 혀로 핥는다

명줄 놓은 지 몇 달이나 지난 후
백골로 발견되었다는 독거노인에 대한 뉴스를
라디오가 식은 밥 같은 마음마저 없이 전한다

들풀로 밟히던 그
홀로 심장의 스위치를 내린 그

꺼진 등이 된 그
밟히고 밟히면서
벌판이 되려한 것인가

바람조차 발길 돌린
건조한 복지 사각지대
입을 굳게 닫은 쪽방의
쓸쓸한 주검이
배주고 속 빌어먹는* 사람이라도 되었다면
복지관으로 반찬 받으러
당당한 걸음으로 들어오는 노인이었더라면

진행형 같지 않은
홀로 지워지고 마는 먼지 같은
허무 위에 하염없는 비처럼 젖는 밤 열두시
괘종시계조차 잠들어 있다

---

* 배주고 속 빌어먹는다. : 당당한 자기 권리나 이익을 행사하지 못하고
　　　　　　　　　　　　거기서 나는 작은 이익이나 차지하게 됨을 말함.

# 봉명동 유적지

삽날이 향하는 곳마다
구석기부터 백제 신라 고려 조선까지
집터와 고분군과 유물을 안고 있는 생활문화 보물창고
였어요

청주 테크노폴리스 공사가 밖으로 다시 나갈 수 있는,
물고기(곤)가 붕새가 되는* 기회였으나
우물을 파던 농부가 발견한 진시황릉의 부장갱인 병마
용처럼
길고 긴 무언의 잠을 깰 수 없었습니다

유적 발견 뉴스의 입에 재갈이 물렸어요
발견하고도 다시 덮고 만다는 소문이
대숲에 이는 바람처럼 흐느꼈어요

일손을 멈추었던 삽차가 꽃잎처럼 흙을 뿌렸고
고층아파트 시멘트 구조물이 바위너럭*처럼
세상을 향한 입구를 봉인하고 말았어요

지진이 일어난다 해도 바늘구멍 하나 뚫리지 않아
　구석기 시대부터 백제 고려를 거쳐 품어온 보물의 비밀
번호가
　풀리지 못할까 두렵습니다

　네모난 아파트 창이 달처럼 등을 밝히고 말을 걸어도
유물은
　꿰매진 입을 열 수 없어요

---

* 물고기(곤)이 새(붕)로 변하여 남쪽으로 날아가려 함. : 『장자』「소요유」
* 바위너럭 : 너럭바위

# 독서

꼼꼼하게 한 자 한 자 읽지요
씹으면 씹을수록 단물 빠지는 껌처럼
밍밍해지고 심심해지는 길

읽고 지나온
어제의 깊이와 오늘의 깊이가 달라요
삐걱거리는
어제는 정독되지 않는 날이었어요

자고나면 달라지는 요지경
읽히지 않는 날이 갈수록 많아져요

잡지처럼 수럭수럭* 읽히며
쉬어가는 날이 많았으면 좋겠어요
한 발짝마다 생각을 담아 세나절 * 읽는 것도 괜찮겠
지요

심심한 콩나물국처럼

별다른 느낌표가 없어도 괜찮겠지요

---

* 수럭수럭 : [양태] 말이나 짓이 아무 요령도 없이 가볍고 사뭇 쾌활한
　　모양.
* 세나절 : [그밖] 잠깐 끝마칠 수 있는 것을 느리게 하는 동안을 조롱삼
　　아 이르는 말.

# 복권

왠지 이번에는 틀림없이 될 것 같다

전국적으로 소문났다는 가게에서 일찌감치 줄을 서서
기다리다
오금쟁이가 굳어질 것 같다

합체로 이루어진
기호의 조각

버스 안에서 우연히 떠오른 기발한 이미지
제멋대로 꼬물거리는
올챙이가 헤집어 놓은 흙탕물 속에서
읽히지 못한 난수표가 되어 덮이고 말게 하는 시어처럼

헐기다* 골라잡은 패 하나로
뜻밖의 갈림길에 접어들고 마는
여섯 자리 숫자의 조합에서
무한 증식하여

꽝이 되고 마는

역시 불쏘시개도 못되는
개꿈이었던 거야

* 헐기다 : 견주어보며 결정하지 못하고 우물쭈물하다.

# 빈집이고 싶다


누구라도
지친 발걸음 쉬어 갈 수 있게

묵은 먼지를 딱장받다*
꿈 없는 잠으로
윤활유를 친 기계처럼
살아나는

보이지 않던 작은 꽃마리가 보이고
들리지 않던 방울새 노래가 들리고
느껴지지 않던 바람이 살갗을 간질이고
무겁던 마음이 민들레 낙하산처럼 가벼워질 수 있는 집

단정한 머리 같지 않아도
넉넉한 엄마의 품처럼
암탉의 둥지처럼

걸리는 것 없이 쉴 수 있는
아담한 빈집

라일락 나무가
자목련이
고개를 울 너머로 쏙 내밀고
누가 오나 궁금한 마중을 하였으면

---

\* 딱장받다 : 낱낱이 캐묻고 따져서 잘못이나 죄를 털어놓게 하다.

# 파수꾼 2

병원에 갔다가 검사대상자가 되었을 때
확진자가 되면 어쩌나
슈퍼전파자가 이렇게 만들어지나
교정보느라 모였던 선생님들은 어쩌나
이마가 뜨겁고 기침이 발작적으로 나
불안을 바이러스처럼 증식시키고 있었다

검사받으러 간 보건소 드라이브스루검사장
기능이 마비되어 긴 줄이 꼬리를 무한정 늘이고 있다

질병관리청에서는
코로나19를 막아주려 갖은 애를 쓰는데
사오정인지
청개구리인지
가지 말라는 곳에 더 가려하고
모이지 말라는데 더 많이 모여들고
파수꾼의 노력에도

떼를 쓰며 악다구니로 덤빈 끝에
나에게까지 불똥이 튀었다

마스크가 모이게* 막고
집콕으로 막고
질본의 지침을 준수하는 국민 모두가 파수꾼이다

---

* 모이다 : 작고도 야무지다. #몸집은 작아도 모인 사람.

# 공터

할머니 배 접어주세요

비행기 접어주세요

그림 그리고 싶어요

피자 만들래요

대목 장날 장터 같더니
찬 공기만 떠도는
텅 빈 집안에

오뚝한 섬이 된 가녈핀* 할머니 마음은

공터 같다

---

* 가녈핀 : 가냘프고 여린.

# 체험이네

아빠 글씨가 지렁이처럼 써져요
잘 썼네

아직도 여전히 그림 같은 글씨

아빠와 볼링장에 간다
아빠 나는 누굴 닮아서 왼손잡이예요?
글쎄다
아빠가 자꾸 도랑으로 공이 빠지는 나의 자세를 바로잡
아 주려
애를 쓰며 말한다
돌연변이인가보다
돌연변이가 뭐예요?

엄마 아빠와 조금 다르다는 말이야

나는 못 보는 걸 너는 볼 수 있다는 말이야
궁굼한 마음이 비거스렁이*처럼 가신다

볼링공이 핀 열 개를 모두 쓰러뜨린다

<hr />

* 비거스렁이 : [천문, 기상] 비가 갠 뒤에 바람이 불고 시원해지는 일.

# 비둘기 노래

아침 일찍 일어나
아빠 따라 앞산에 간다
비둘기가 노래하면
구구 구구구
동생이랑 같이 합창을 한다

참나무가 초록 손바닥으로 손뼉을 친다

다 같이 박자 맞춰
구구 구구구
강아지도 바람만바람만* 따라오며 왈왈 왈왈왈

---

* 바람만바람만 : 바라보일 만한 정도로 뒤에서 멀찍이 떨어져 따라가는
　　　　　　　모양

# 꽃다발

어린이집 졸업식 때 받은거야
어때, 예쁘지?
냄새 맡아봐 냄새도 좋지?

식물은 물을 먹고 살아
우리 같이 꽃에게 물을 주자

날마다 물을 주면
이만-큼, 이만-큼 키가 클거야
꽃도 많-이 필거야

우리 집에 꽃밭 만들자
들렁들렁하지* 않니?

---

* 들렁들렁하다 : 설레거나 흥분하여 가슴이 몹시 두근거리다

# 봄바람

봄바람은 자명종입니다
까마득한 먼 이야기도 아니건만
까맣게 잊고 살던
얼음 낀 내 마음에
종을 울리며
봄볕처럼 따스한 당신의 손을
생각하게 합니다

당신을 만나러 가는 길
능수버들은 철부지처럼 건들거리며
연한 파스텔화를 마구 그려대지만
개나리 꽃등 밝아도 나에게 잿빛 하늘이었습니다

무심천 길을 걷는 동생의 뒷모습에서 당신을 봅니다

봄바람 따라 가신 님
봄바람타고 오시면
능수버들처럼 덩실덩실 춤을 추겠습니다

# 봄바람 2


함박눈처럼 송이송이 벌어지며
매화가 울려주는 맑은 종소리 따라
봄바람이 옵니다

속이 훤히 들여다보이는 레이스 치마를
살랑이며 은은한 분 냄새로 부르는 소리에
마음을 빼앗기고 마는 봄바람

사랑하는 님도
내가 부르는 소리에
발소리 자박자박
봄바람처럼 서둘러 오시면 좋겠습니다

개나리 등불 밝힌 길 따라가신 실살스런* 님이
문 여는 소리가 들리는 듯 합니다

---

* 실살스럽다 : 겉으로 드러남이 없이 내용이 충실하다.

# 백일장

백일장은 컨베이어이다

시제를 발표 할 때 쉽다고 생각하던 것이
비틀기를 하더니

마감까지 5분 남았습니다

마지막 라인에 발을 올려놓지 못하면
빈칸으로 넘어가고 말 긴박한 때에
삑사리를 자꾸 내는 큐대처럼
원고지에 오자를 써넣는 볼펜

백 미터 경주 선수처럼
본부석으로 뛰어가 제출하고는
헐떡이는데

여전히 텅 빈 머릿속 원고지
메떨어*진다

빈 컨베이어 그냥 멈춘다

* 메떨어지다 : (모양이나 몸짓이) 어울리지 않고 촌스럽다.

# 제목

당신을 잡아두고 싶었습니다

당신은 처음사랑이라고 말했습니다
튼튼한 기둥처럼 파수꾼이 되어주겠다고 했습니다

봄바람처럼
올 때 그리 쉬이 오더니

갈 때도 속절없이
뒤 돌아보지 않은 채
손 한 번 흔들지 않은 채
떠나갔지요

하염없이 꽃비가 내려도 아즐하여*
나에게는 멍한 허공뿐입니다

다시 떠오르지 않는 보름달 같은 제목

변죽만 울리는 덧게비*만이

---

* 아즐하다 : 멀리 까마득히 아물거리다.
* 덧게비 : 다른 것 위에 다시 덧 엎어 대는 것.

# 작은 물병의 증언

괴산군 백마산 골짜기에서
대장내시경할 사람처럼 속을 비우고
가볍게 출발했지요

푸시맨이 밀어 넣는 출근길 지하철이 이보다 나았을까
요
그나마 길동무가 많아서 캄캄한 어둠 속에서도 외롭고
무섭지는 않았습니다

물고기처럼 유영하다
표류하는 배처럼
홀로 떠다니다가
내가 다다른 곳 북태평양 고요의 바다

수장된 냉장고, 세탁기, 자동차, 타이어 공동무덤이 무
슨 휴양지 섬이라도 되는 양 먼 여정에 지친 몸을 받아줍
니다

조금씩 손때 묻혀가다 속더께* 더 끼게 했을
가제도구마저 헌신짝처럼 버려져 이곳까지 떠밀려 왔
습니다

아프리카 움막에서는 골동품처럼 대접받는다는데

지악스럽게* 살아내기에만 힘쓰는 동안 콩켸찰켸* 병
들어가는 지구를 누가 돌보아야 할까요

* 속더께 : 때가 올라서 몹시 찌든 물체에 낀, 속의 때
* 지악스럽다 : 악착같이 일에 덤벼듦을 가리키는 말.
* 콩켸팥켸 : [물건] 사물이 마구 뒤섞여서 뒤죽박죽된 것을 가리키는 말.

# 간식

엄마의 필살기로
간식거리 같지 않은 재료가
환골탈태되면
부엌에서 나를 부르셨다

신문명으로 화려하게 치장을 한
빵집의 빵 재치고
엄마가 해주던 영양빵 먹고 싶어 하지만
절차를 알지 못하는 청맹과니가
자꾸만 훼방을 놓는다

튜브처럼 부풀던 반죽은 어리벙벙히* 멈추어 납작한
개떡이 된다

솜씨 좋은 반열의 입주민이 되지 못하여
간식 만드느라

땅불쑥하니* 공이 된
시간을 뒤로 밀어 놓고

씹을수록 단맛 나는 시를 대신

---

* 어리벙벙히 : 제정신을 못 차릴 정도로 어리둥절하게
* 땅불쑥하니 : 특별히. 유난히

# 주인

산이 배포 좋게 한 귀퉁이 뚝 떼어서 내준
작은 집
좁다란 뜰

한 번도 주인인적 없던 내게 보란 듯이
올해도 다른 식구가 둥지를 넓혔습니다

나는 깨금발로 배좁은* 사이를 피해 다니려 해도
금을 밟아서 혼이 납니다

친구가 높아진 임대료 피해
도시 변두리로 이사가더니

곰취도 와글와글 상추의 텃세에 밀려
한 구석에 어렵게 발을 붙였나봅니다

상추는
볕 좋은 자리에 떡하니 앉은 채로
진달래 라일락 홍도화의 사열을 받습니다

---

* 배좁다 : [양태] 1. 어떤 장소나 사이가 퍽 좁다 2. 여럿이 촘촘히 들어
  있어 자리가 몹시 좁다.

# 숲에 깃들다

옆집에서는 무성한 그늘을 만들며
더듬이 같은 넝쿨손으로
허공을 짚고 올라가지만
나는 살아내려, 살아남기 위해 애를
쏟아 붓고 있습니다

가난한 삶의 여정도
칡덩굴처럼 질긴 끈을 갖는다는 걸
땀 흘리며 고개를 넘는 이가 더 깊이 아는 까닭일까요

호박꽃 한 송이 올리지 못하여도
할머니가 또바기*마음으로
힘을 내보자며
단비 같은 물로
목을 축여줍니다

* 또바기 : [양태] 언제나. 한결같이. 꼭 그렇게

# 일어서다

겁먹은 토끼
병원에 가기 싫어
왜요 왜요 왜요

물리치료실에서 운동 시작하려다
종잇장처럼 마구 찢어버릴 것 같은 아픔에
안돼요 안돼요

치료사는 각오는 됐지만 준비가 안 되었군요
정곡을 콕 찌른다

농담처럼 주물러 수굿하여*지면
돼요 돼요 돼요

진땀 한 바가지 흘리고는
온몸은 흐물흐물
팔은 천근 만근
어디에 놓아도 남의 것 같고

여전히 시든 파처럼 맥 못 추는 허깨비

언제쯤이면 힘차게 넝쿨손 뻗어 나가는 오이덩굴처럼
팔을 번쩍 들어 허공을 저어볼 수 있을까

---

\* 수굿하다 : [양태] 1. 좀 숙인 듯하다 2. 흥분이 좀 누그러진 듯하다.

# 소원

구피는 헤엄을 잘 쳐요
몸은 가녈가녈하고* 작은데
수영선수 같아요
나도 구피처럼 헤엄치고 싶어요

나는 자꾸 물속으로 가라앉으려 해요
오늘 강습시간에도 물만 잔뜩 먹었어요

어항 속을 들여다보아요
나도 지느러미를 갖고 잠수하고 싶어요

---

\* 가녈가녈하다 : [양태] 매우 갸날프다.

# 고백

봄바람은 첫사랑의 고백입니다

화가가 되어
연한 수채화를
개구리 알처럼 낳습니다
올챙이처럼 부화한 매화가
은은한 분 냄새로
수줍게 말합니다

가냐른* 목소리에
나는 마음을 빼앗기고 맙니다

이 고운 여인을
어찌 사랑하지 않을 수 있겠습니까

---

* 가냐른 : 가냘프고 여린

# 잠 깨다

기지개를 켜며
가녘*으로 고개를 내민다
붉은 부리로 허공을 쪼아본다
맑고 따스하여 바깥바람을 쐐도 좋겠다

식구들을 깨워도 좋은 아침이다
코끝을 간질이는 매화향기로 친구도 불러야겠다
생강나무 차처럼 따스한 마음으로
느껍게* 채워야겠다

겨울을 견디느라 움츠러들었을,
계절과 계절사이 틈을 벌이고 나오느라
애를 썼을 어깨도
토닥여주어야겠다

---

* 가녘 : 가장자리. 여가리
* 느껍다 : 어떤 느낌이 사무치게 일어나다.

# 웃음

졸음 쫓으려 시집을 읽다 보니
벽이 요절복통 하는 거다

어쩜 이렇게 뻔뻔하고
봉이 김 선달처럼 능청스러운지

비실대던 몸 살아나
*들뭇들뭇 오방난장이다
눈물을 철철 흘린다

팝콘이 사방으로 튀다 내 이마를 때린다

모기 보고 칼 빼기* 할 수 없어 모깎기* 하지 못한 채
모기작모기작*하다

서랍 속에 밀어 넣어두었던 이야기 한 토막
건방지게 살아난다

나도 풍자야

* 들뭇들뭇하다 : 여럿이 다 들뭇하다. 또는 매우 들뭇하다.
* 들뭇하다 : 분량이나 수효가 어떤 범위 안에 가득 차 있다.
* 모기 보고 칼 빼기 : 대단치 않은 일에 쓸데없이 크게 노하는 일.
* 모깎기 : (도자기나 항아리 따위를) 모서리로 깎는 일. 또는 어떤 물건의
　　　　　모난 부분을 깎아 다듬는 일.
* 모기작모기작 : 우물쭈물하면서 굼뜨게 자꾸 움직이는 모양

# 길을 내다


가추가추* 하얀 물감에 아주 조금의 초록 물감을 풀어
명암을 넣으며 채색을 합니다

하얀 색으로
제 손바닥보다 커다란 평붓으로 캔버스 전체를 발랐던
꼬마처럼
물감놀이에 풍덩 빠져
밭이며 길이며
모두 이고*는 의기양양

꽃이 좋다며 장미정원을 만들고 싶어 하시던 아버지는
당신의 정수리까지 망초를 꽂고 하!하!하!
함박눈 닮은 꽃송이로 너털웃음을 흩뿌립니다

파꽃 같은 당신
자식에게 다 쏟아 부어주고 쓰러져 갔는데
망초는 드러누워 길을 내주는데

철없던 뻐꾸기만 애닯아 합니다

가슴에 섭새겨진
당신의 따스한
한 마디 말씀이
천개의 짐을 지고도
멀고 험한 길
기어이 헤쳐나가게 합니다

---

* 가추가추 : 가물가물
* 이다 : 기와나 짚으로 지붕을 덮다.

섭

새기다

지은이 | 김정옥
펴낸이 | 노용제
펴낸곳 | 정은출판

초판 1쇄 | 2020년 10월 31일

출판등록 | 2004년 10월 27일
등록번호 | 제2-4053호
디자인 | 서용식
주 소 | 04558 서울시 중구 창경궁로 1길 29 (3층)
전 화 | 02-2272-8807
팩 스 | 02-2277-1350
이메일 | rossjw@hanmail.net

ISBN 978-89-5824-417-2 (03810)
값 11,000원

＊ 잘못된 책은 교환해 드립니다.
＊ 양측의 서면 동의 없는 무단 전재 및 복제를 금합니다.
＊ 이 책은 국가문화예술진흥기금을 받아 출간되었습니다.